終わりなき進化の果てに

～魔物っ娘と歩む異世界冒険紀行～

淡雪 融
Yu Awayuki

主な登場人物
エレーネ
レンデリックの母親。アドベンチャー好きで、レンのよき理解者でもある。
パブロ
レンデリックの父親。元冒険者で、現在は辺境ロイム村の領主。
ヴェロニカ(スライム)
空色のジェル状モンスター。レンデリックの【テイム】で仲間になった。
レンデリック・ラ・フォンテーニュ
本作の主人公。魔物を仲間にし、進化させる特殊スキル【テイム】を持つ。最強の冒険者になるのが夢。
ヴェロニカ
レンデリックの【テイム】で人型に進化した、元スライムの“魔物っ娘”。見る人すべてが惚れ惚れするほどの可愛らしさ。

オルバ
ベテラン冒険者で、斧使い。
エスティアとパーティを
組んでいる。豪快で酒好き。
アニエスカ
冥界にいる「精霊の護り人」。
見た目のわりにおっちょこちょい。
エスティア
ベテラン魔法使い。
背丈ほどもある杖を愛用。
かなり人見知りな性格。

序章　異世界オーギュスタット

「うわあああぁぁぁぁ!?」

視界に一瞬、鉄の箱が見えた。

次の瞬間。

激しい衝撃が全身を襲い、いつの間にか俺は宙に浮いていた。

――人間は空を飛べるのか。

そんな場違いなことを考えていたのだが。

もちろん一介の人間たる俺が、物理の運動法則に逆らえるわけもなく。

すぐさま地面が近づいてきて、グチャッとかメキッとかいう、R15な音が体内に響いた。

「きゃあああぁぁぁ!?」

「ひ、人がはねられたぞ!!」

「轢《ひ》き逃げだ!!」

「きゅ、救急車と警察を呼べ!!」

いきなりの非日常的な光景にパニックになる通行人たち。

その叫び声も、次第に他人事のように感じられてくる。アスファルトの上の血溜まりの中で、俺の意識はプッツリと途切れた。

……一度でいいから、超絶美人で性格のいい女の子と付き合ってみたかった。

†

さて、かくして俺、竜胆冬弥《りんどうとうや》（高校三年生男子）は短い一生を終えたわけだが……死ぬにあたって、一つだけ思い残したことを述べておきたいと思う。

二十一世紀末に日本の平均的な中流家庭に生まれ、文武《ぶんぶ》両道を高い水準で保っていた俺には――悩みがあった。

それはすなわち――。

彼女ができない。

自分で言うのもどうかと思うが、髪はいい匂いがするし、運動神経も悪くないと思う。

だが好きになった女子に告白してみれば、次々に大量の魚雷を食らうかのようにことごとく撃沈《げきちん》された。

一応そういうことに聡《さと》い友達数名曰《いわ》く。

「あー、お前なら、まあそのうち彼女できるだろ」

「今はたまたま運が悪いだけだろ」

「ってか不安なら、出会い系に登録しろ、出会い系に」

褒《ほ》め言葉とも励ましともわからない言葉を頂いた。

つまり俺には彼女ができる可能性はそれなりにあるというわけだ。

そう期待して学生時代を過ごしたのだが、なぜか最後まで撃沈され続けたのであった。

そんな現実《リアル》に絶望した俺の目に、ある日留まったのは、ＶＲＭＭＯＲＰＧを題材にした某《ぼう》アニメーション。

俺がそのアニメを見たのは、テスト勉強が深夜まで続いた時のことだった。

五感をすべて駆使してプレイするＶＲＭＭＯＲＰＧというゲーム世界で、主人公はリーダーシップを発揮して様々な困難《クエスト》を猫耳アバターのヒロインと共に乗り越えていく。

そして、ヒロインは主人公に惹《ひ》かれ始め……。

ゲーム世界で結婚し、なんと現実の世界でも結ばれてハッピーエンドという、ファンタジー・ＳＦ・恋愛の要素を兼ね備えた神アニメである。

コレを見た時、俺はビビッときたね。俺に必要なのはこれだ！　と。

俺は幼少期からファンタジーものが大好きで、猫耳や犬耳から、スライムっ娘やサキュバスっ娘までイケるクチだったから、そういう要素があって、しかも現実で恋人もできてしまうＶＲＭＭＯＲＰＧの物語には、すぐにのめり込んだ。そのアニメ以外にも、ＶＲＭＭＯを題材にしたライトノベルやアニメに、片っ端から手を出したのだ。

そして、あの噂——ゲーム業界大手のＡ社が、ＶＲＭＭＯＲＰＧを現実のものとすべく研究開発しているらしいこと——を耳にしたのである。しかも、なんと数年以内に実現可能だというではないか。

俺は狂喜した。

その日から、俺はＶＲＭＭＯＲＰＧが実現する日を何よりの楽しみにして、毎日を送ることとなった。

だが、半年ほど経ったある日の晩。

俺は高校に入った頃に両親を亡くしていたため、一人で寂しく夕食を食べながらテレビを観ていた。

アメリカで地震が起こったとか、フランスの映画スターが事故で死んだとか、どうも暗いニュースが多かったのでチャンネルを変えた。

そして目に留まったのは。

「——さきほど、ゲーム業界大手のＡ社が記者会見を行い、同社が開発を進めていたＶＲＭＭＯＲ

ＰＧのプロジェクトを中止する、と発表いたしました。同社によりますと、政府から中止の要請があり――」

　そこから先の内容は、まったく耳に入ってこなかった。

　ＶＲＭＭＯＲＰＧ実現に向けた研究開発が中止になった。その言葉に、俺は頭の中が真っ白になってしまったのだ。

　――一時間後。

　まだ完全には立ち直れていなかったものの、わずかに自分を取り戻してきた俺は、外の空気を吸おうと家を出た。

　俺は家の前の歩道を、あてもなくふらふらと進んだ。

　そして突き当たりのＴ字路まで来た、その時。

　甲高い急ブレーキの音が聞こえて、何だ⁉　と思う間もなく俺は宙に舞っていたんだ。

　そんなこんなで、冒頭に戻るというわけだ。

　それにしても、あっけない人生だった。彼女もできなかったし。

　……生まれ変われるなら、ＶＲＭＭＯＲＰＧが実現した未来がいいなあ。

†

「冥界《めいかい》に、一名様、ご到着～っ！」

突如響いた大声に、俺は意識を取り戻した。

……冥界と聞こえた気がするが……。

見渡せば暗闇の中、半透明の人々が虚《うつ》ろな目をして、いくつも列を作っている。列の先頭のすぐ先には大きな扉があった。

扉の上には「地球」という文字のイルミネーションが輝いている。

俺は思わず呟《つぶや》いた。

「……なるほど。確かに冥界っぽいな。それにしても、まさか本当に死者の国が存在するとは……」

「フハハハ！　そのとおりである！　ここは死者の国、冥界である！　ようこそ、竜胆冬弥！」

むさ苦しい大声と共に目の前の暗闇が歪《ゆが》み、少しずつ人の形を成していく。

現れたのは、スキンヘッドの大男。首から髑髏《どくろ》のネックレスを下げ、上半身は裸であった。

……すげえ筋肉だ。

「だ、誰だオッサン？」

「フハハハ！　初対面の男にオッサンとは面白いのである！　至極《しごく》悲惨な理由で死んでしまった竜胆冬弥とかいう男がいると聞いて飛んで来てみれば……こんな若造とは……！」

なっ……人が死んで気落ちしているのに笑う奴があるか！

しかもむさくるしいぞ！　このオッサンの周りだけ、気温が高くないですかね!?

俺はそう突っ込みたい気持ちを抑えて、オッサンに訊《たず》ねた。

「なあオッサン？　俺、こっからどうすりゃいいんだ？」

「フハハハ！　そもそもここは冥界である！　すなわち死者を審判する場なのである！　人々はあの扉の奥で贖罪《しょくざい》を行い、生前の罪の重さで死後の方向が決まるのである！　善人は天国へ、悪人は地獄へ、そしてどちらでもない者はそのまま来世へと転生していくのである！」

……おお、なんかファンタジー小説でそんな設定読んだな……。

ってかこのオッサン、見た目も言動も冥界に似合わない気がするんだよなあ。

「フハハハ！　もちろん仕事中は冥界にふさわしいよう、姿を変えるのである！」

「心を読むなっ！」

冥界にふさわしい姿……？　ってことは喋り方なんかもガラッと変わるのかな。

「フハハハ！　そのとおりなのである！」

「だから、心を読むなって言っているだろっ！」

……おかしいぞ、俺は生前はこんな激しいツッコミ役ではなかったはずなんだが……。

まさかのファンタジー展開に、少々心が躍っているのかもしれない。

「フハハハ！　やはりお主は面白いのである！　気に入ったのである！　何でもお主はＶＲＭＭＯＲＰＧに似た世界に行きたがっていると聞いたのである！　友好の証《あかし》として特別にこれをお主にや

るのである！」

オッサンは俺に金色に光るカードを手渡してきた。

表面《おもて》には「オーギュスタット専用」と彫られている。

「……まさか、そのオーギュスタットっていう世界に転生できて、しかもそれはVRMMORPGに似た世界なのか!?」

「フハハハ！　そのとおりである！　通常、地球で生まれた者は来世も地球にしか転生できぬのだが、これは我輩《わがはい》のあっついあっついあっつい厚意なのである！　竜胆冬弥よ、返事は決まっておるな……？」

もちろん決まっていた。

このオッサンは少々イラッとくるところがなきにしもあらずだが、これほど素晴らしいものをくれるのなら水に流してやろうじゃないか。

やべえ……来世のこと考えてたら、オイラ興奮してきたゾ。

友人たちにもう会えなくなると考えると悲しいけど、俺はもうこの現実を受け入れるつもりだ。

「フハハハ！　そう言うと思っていたのである！　ではしっかりと目を瞑《つむ》るのである！」

言われたとおりにする。

「フハハハ！　目を瞑ったな？　ではいざ行《ゆ》かん、オーギュスタットへ！」

突然、地面がなくなったように感じられ、しばらくすると浮遊している感覚に襲われる。

だがどのタイミングで目を開ければいいかわからず、俺はずっと目を瞑っていた。

†

どれくらい経っただろう。

目を開くと、完全な暗闇なのだろう、まったく何も見えず、自分が本当に目を開いているのかさえわからなかった。

「――転生準備プロセス完了。個人認識プロセスへ移行します」

「っひゃあ!?」

だから、頭の中に前触れもなく響いてきたその無機質な声に必要以上に驚いて、つい変な声が出てしまった。

「――個人の認識を完了、竜胆冬弥と一致。潜在値の測定も完了しました。また、『金券』の所持により、基本潜在値15に加えて特別付与潜在値１００、合計１１５が確定潜在値となります」

「えっ、えーと……何を言ってるんだ……?」

俺は頭の中で一方的に紡《つむ》がれる言葉が理解できず、困惑してそう呟《つぶや》いた。

「ご質問なら受け付けますよ?」

俺の呟きに反応したらしい声が、今度は前方の暗闇から聞こえてきた。

そして少しずつ暗闇に人の形が浮かび上がってくる。

女性だ。

藍《あい》色のロングヘアーをサイドアップで纏《まと》め、肌の色は病的なまでに白い。顔はさすがファンタジーっていうレベルの美形。胸や尻の膨らみは控えめで、コンシェルジュ風の制服を着て、優雅に立っている。

「やべえ、ファンタジーすげえ！」と叫びたくなるのを辛《かろ》うじて抑える。

「ああ、申し遅れましたね。私は生命の護《まも》り人、アニエスカと申します。生命の護り人とは、数多《あまた》の生命を新しい生命へと繋《つな》いでいく存在なのです」

どことなく名前がヨーロッパ風だったので、冥界でのネーミングも、地球と変わらないのかもしれない。

「今、これは何が起こってるんだ？」

俺は脳内で延々と無機質な声が流れている自分の頭を指差して言った。

「これは転生の儀式と呼ばれるもの。来世のあなたの情報を決定する場――えーと、地球世界で例えるのならば、ゲーム開始前のキャラメイクみたいなものだと思ってくれればいいですよ」

「へえ、じゃあ自分の外見を操作できたりもするの？」

「いいえ、基本的には運次第です。もちろん、両親からの遺伝などの補正もありますが。また、このオーギュスタットの世界では『スキル』という概念が存在しまして――」

スキルも実装しているだと……!?

オーギュスタット世界は、俺の心を鷲《わし》掴みにしたいらしい。

「スキルは『一般スキル』と『特殊スキル』があります。一般スキルは後天的なもので日常生活でも手に入りますが、特殊スキルは先天的なもの、つまり誕生時に付与されるのみです。この転生の儀式では、転生者はまず『オプション』を選択します。さきほど、確定潜在値――わかりやすくポイントと呼びましょう――というものが表示されたかと思います。オプションは、そのポイント内で自由に選択することができます。そして特殊スキルは、オプション選択後に余ったポイントを全消費して、生まれる瞬間に追加されるのです。ご理解いただけましたでしょうか。……では、オプション一覧のデータはこちらです」

いきなり俺の脳内に膨大なデータが表示された。

【性別変更　男→女　5】
【種族変更　→人間族　10】
【種族変更　→猫人族　10】

……エトセトラ。

こんな感じでリストが並んでいる。

性別変更や人種変更って……思いっきり生命のルール無視してるよなあ。

「この末尾の、『5』とか『10』ってのは？」

「必要ポイント数ですね。ポイントをこれだけ消費して、このオプションを付与しますよ、ということです」

「なるほどなるほど……」

某野球クンポケの表サクセスの最初に得られるポイント制アイテムみたいなもんか？　俺はよく恋人の好感度がわかるメガネを選択していたものだったなぁ。それはさておき、俺はポイントを115持っているし、かなり余裕がありそうだ。

俺は頭の中でデータを下にスクロールしていく。

ふと目に留まるものがあった。

……というか、目に留まらなければ詰《つ》んでるレベルのものだった。

【記憶継承　20】

これがないと、異世界転生なんてものは意味がなくなるんだよ。

俺あっての俺だからな！

ごめん、自分でも何言いたいのかわからん。

しかし、このポイント数20って……結構少なくないか？　そう考えると、前世の記憶を持っている奴はかなりいそうな気もするが……。

ちょっくら聞いてみるか。

「ちなみに、転生する人の平均所持ポイント数ってどんくらいなの？」

「そうですねえ……5～10くらいでしょうか？　多くても5くらいだと思いますが」

「えっ、ちょっと……俺100以上あるんだが!?」

なんかとんでもないポイントを得たらしい。

これも異世界転生モノの定番だよな。

「異世界行ったらチートでした」っていう設定は某小説投稿サイトでよく見たものだ。実は俺も執筆して投稿したことがあるが、一年経っても評価ポイントが10を超えなくて挫折《ざせつ》したんだよな。

「えっ？　嘘っ!?」

素が出てるぜ、アニエスカさん。

というか、俺が言うまで気づかなかったのか。

「ま、まさか……これはあの幻の金……券!?　私、この仕事をしていて初めて見ました……！　あっ、感動を抑えきれない……っ！」

なぜか頬を薄いピンクに染め、びくんびくんと内股になって吐息《といき》を漏《も》らしながら、劣情を誘う眼差しを向けてくる。

……なんだこれ。なんで興奮してるんですか、お姉さん！

美人にこんな風に見られているとなんだか落ち着かないので、俺は次の質問に移ることにした。

「金券ってそんなに珍しいの？」

扇情的なお姉さんは、信じられないという顔になって詰め寄ってきた。

おおっと、いい香りが……。

「め、珍しいというレベルではありませんっ！　この金券の価値を知らないなんて罪ですよっ！　いいですか？　先月この仕事を辞めた私の先輩によるとですねっ！」

退職とかあるのか……冥界って面白いな。

「ちょっと、聞いてますっ!?　で、その先輩によるとですねっ、百年で一回でも金券を持つ転生者、金券さんに会えたら運がいいほう、ましてやこの仕事に就《つ》いている人は何人もいるのですからっ、金券さんを受け持った私は本当に、ほんと～～に、幸運なのです……っ!!　最後の金券さんが現れたのは今から二百年以上前なんですよ!?　あなた、一体これをどこで……っ!?」

あーオッサン。あーた一体何者だよ。これは少々、いや、かなり俺の手に余りそうな……。

「えーと、フハハハ！　って笑うオッサンに貰った」

「え、えーと、あれ？　そんな人いたかなぁ……？」

「あれ？　あの、存在感・命！　って感じの人だぞ？」

「え、えー？」

オッサンが何者なのか、本気で怖くなってきた。こんなに貴重らしい金券をあっさり俺にくれるほどの人物なのに、冥界内に知らない人がいるってのはどういうことだ。

「わ、私としたことが、少々取り乱してしまいました……その人のことは私自身でのちのち調べます。では、儀式を再開しましょうか。【記憶継承】のオプションを行使、でよろしいでしょうか？」

「ああ」

アニエスカさんがこっそり小声で「記憶継承ってことは、もしかしてさっきの私の痴態《ちたい》が誤魔化《ごまか》せないってこと……？　はわわわ……」と言うのが聞こえたが、涙目なのが結構可愛かったので黙っておこう。

「ほっ、他にご希望のオプションはございませんかっ？」

俺はデータを、今度はじっくりとスクロールする。

「いや、ないな」

他のオプションをつける必要はなさそうだった。

特殊スキルのほうに惹かれるからなあ。

だって「スキル」だぜ？

まさしくＶＲＭＭＯＲＰＧの醍醐《だいご》味、神髄《しんずい》!!　なわけで。

「では、残りはすべて、特殊スキルにということでよろしいですね？」

「ああ！」

「わかりました……あ、それと、特殊スキルの中にはステータス下降補正のつくものや、はっきり言って迷惑だ、というものもありますが、もうキャンセルできないのでご注意ください」

「ナ、ナンダッテー!!」

いや、それ先に言えよ。

まあ、それでも俺の決心は変わらないけどな。

「といっても、そういったスキルは滅多《めった》にないので心配いらないですよ。では、そろそろ転生が始まります。あと完全に私用ですが、記憶を継承するのならば来世で私のことも覚えているはずです。もしまた冥界にいらっしゃったら、ぜひ私のところへ遊びに来てくださいね。では、ご武運を」

そう言うと、アニエスカさんは少しずつ暗闇に消えていった。

それと同時に、俺の脳内に、無機質な声がまた響いた。

「――転生プロセスを開始します」

すると足元から光が溢れ、俺はその光に吸い込まれるように落下した。

「うわぁあああぁぁぁあああ!!」

落下の恐怖に思わず叫んでしまう。

そして視界は完全に光に包まれ、俺は意識を失った。

第一章　スライム・ヴェロニカ

「……あー、暇《ひま》だわ」

窓際で頬杖《ほおづえ》をつき、退屈そうにあくびをしながら、金髪碧眼《へきがん》の少年――俺は呟いた。

二階にある自室の窓の外に広がるのは、波打つ黄金のような麦畑。風が運んでくる心地よい麦の香りに、どことなくノスタルジーな気分になる。

近くを流れる小川のせせらぎが、水を飲みに来る家畜や野生動物の鳴き声と共に聞こえてくる。

時折通りすぎる人々に手を振りながら、俺は村を囲う森の向こうに聳《そび》える山脈を見つめた。

ここロイム辺境伯領――通称ロイム村――は、ハルヴェリア王国北西部のベルガニー山脈の麓《ふもと》にある。そして今俺がいるこの家は、ロイム村領主の邸宅だ。

七年前、ロイム村領主のパブロ・ラ・フォンテーニュと妻エレーネの次男として、俺――レンデリック・ラ・フォンテーニュは生まれた。

つまるところ、俺は絶賛七歳児なう、なのであった。

俺の父様はロイム村の領主だが、過去のとある魔物の討伐によって、フォンテーニュ辺境伯の爵位《しゃくい》を賜《たまわ》ったらしい。

だから一応貴族なんだよね、頭に「貧乏」がつくものの。

父様は、自ら進んで、しかも生き生きと畑作しているから村人にも好かれている。だから悪政領主に対する村人の反乱、とかいうありがちなイベントも起こらないだろう。森に囲まれていて何かと不便だけど、ＲＰＧの最初の村っていうイメージでとてものんびりしている。

牧歌的な雰囲気であるが、隣国である神聖皇国アドロワとの国境に近いためか、どうもここは地理的に重要らしい。

まあ、アドロワとの関係は今のところ良好みたいだから、軍事境界線っぽい物々しさはないけどな。

とはいえ、隣国の情勢が急変する可能性もなきにしもあらずだから、防衛として村人兼騎士たちが住んでいる。普段は耕作しかやることがないみたいで、彼らが毎日汗と泥に塗《まみ》れてせっせと畑仕事をしている姿は見ていて飽きない。

国から派遣された騎士たちは、最初畑仕事を嫌がっていたらしい。だが自分たちで作った美味しい野菜を食べてからは意欲的になり、村人も今ではすっかり彼らを仲間として認めているのだそうだ。

そんなこんなで、今日もロイム村は平和なのであった。

ああ、あと俺の特殊スキルは以下のとおりだった。

〈テイムマスター　15〉
〈創造王　15〉
〈体術王　15〉
〈極限突破　20〉
〈王の系譜《けいふ》　20〉
〈冥界の加護　0〉
〈男は拳で語る　0〉
〈牡《おす》のフェロモン　5〉
〈絶倫《ぜつりん》　5〉

こんな感じで、スキルが俺の脳内に表示されるのだ。

一見強そうなスキルが並んでるけど……。

牡のフェロモンと絶倫ってなんですかね！　いや、確かに俺の夢は「彼女を作る！」なんだけども。こう客観的に見ると恥ずかしいよな……？

……いや、主観的に見ても恥ずかしいな。

とりあえず、まあなんだ、詳細は次のような感じだ。

■特殊スキル

〈テイムマスター〉

……一般スキル【テイム】追加。隷属《れいぞく》状態下の魔物の進化は、希少なユニーク系統を必ず辿《たど》る。


〈創造王〉

……一般スキル【鍛冶《かじ》】【錬金】【調合】【建築】【王級工房】【鑑定】追加。


〈体術王〉

……体力、筋力、敏捷《びんしょう》にステータス補正極大。


〈極限突破〉

……パーティ全体に作用。己の限界を突破し、最上位スキルまで必ず到達する。スキルの成長速度が極大化される。


〈王の系譜〉

……王族に関わる運を高める。パラメータ補正【カリスマ極大】。一般スキル【指揮】追加。


〈冥界の加護〉

……パラメータ補正【魔力最大量極大】【闇系統魔法威力極大】【闇以外系統魔法威力極小】追加。一般スキル【暗黒魔法】【混沌魔法】【煉獄《れんごく》魔法】追加。

〈男は拳で語る〉

……パラメータ補正【近接武器適性極小】追加。ただしナックル武器、遠距離武器は例外。

〈牡のフェロモン〉

……パラメータ補正【魅力極大】追加。一般スキル【甘いマスク】追加。

〈絶倫〉

……一部状況下でのパラメータ補正【スタミナ・体力極大】追加。一般スキル【精力回復】追加。

■一般スキル

【テイム】

……魔物を隷属状態下に置くことができる。ただし、隷属状態下に置くことができる数はスキルレベルの値まで。隷属状態下に置くためには、自らの優位性を示す必要がある。

【鍛冶】

……鍛冶の適性を持つ。

【錬金】

……錬金の適性を持つ。

【調合】

……調合の適性を持つ。

【建築】

……建築の特性を持つ。

【王級工房】

……鍛冶・錬金・調合・建築に必要な道具が揃った「工房」を出現させる。

【鑑定】

……武器・防具・装飾品の能力値の読み取ることができる。対象により範囲は異なるものの、人間や亜人、魔物の情報を読み取ることもできる。ある程度遠距離の離れた対象にも有効。

【指揮】

……指揮力が上がる。パーティ内の連携力、統率力が上がる。

【暗黒魔法】【混沌魔法】【煉獄魔法】

……【闇魔法】のユニーク上位スキル。

【甘いマスク】

……恋愛感情を抱かれやすい。

【精力回復】

……夜の営みの際、精力が尽きることがない。

【精力回復】の説明は何回見てもツッコミたくなる。まあ一部のVRMMORPGでは実際に夜のお行為ができるらしいですけどね、素晴らしいです。

問題は〈冥界の加護〉〈男は拳で語る〉のパラメータ補正だ。「～極小」って……これ、どう見てもステータス下降補正スキルですよね？　アニエスカさん……何が「ステータス下降補正スキルは稀《まれ》」だよ……二つも出てるじゃねえか！　ファンタジーの王道――剣と魔法のほとんどが死んでるじゃねえか！　訴訟《そしょう》も辞《じ》さない……。

くそ……まあ〈冥界の加護〉については【闇系統魔法威力極大】があるからしょうがないと割り切ろう。普通の人は、こんなにたくさんスキル持ってないらしいしな。〈冥界の加護〉は簡単に言えば、一つ何かを極めるためには大いなる犠牲《ぎせい》が必要ってことだな、たぶん。

でもなんとなく、あの変なオッサンが関係している気がするぞ。

いい人ぶって、実は厄介《やっかい》なモンよこしやがったな、あのハゲめ。

スキル欄を脳内でスクロールしていくと、次に表示されるのは自分のステータスだ。

レンデリック・ラ・
フォンテーニュ
冒険者ランク：なし
ATK：　67
DEF：　45
SPD：　54
MP　：　2149
LUK：　9999

ATK・DEF・SPD・MP・LUKはそれぞれ「ATTACK＝攻撃力」「DEFENSE＝耐久力」「SPEED＝敏捷性」「MAGICAL POWER＝魔力量」「LUCK＝幸運度」を表している。

LUKの値から、少なくともMAX値は９９９９以上だと予想できる。最初からMAX値のわけがないからな。LUKとMPはともかく、上から三つ目までの値がいずれも二桁《けた》である俺は、相対的に弱いのだと考えられる。

なぜならロイム村の、冒険経験のない一般的な成人男性のステータスがこちらだからだ。

村人A
冒険者ランク：なし
ATK：　300
DEF：　300
SPD：　300
MP　：　300
LUK：　300

な、村人の平均と比べて、俺はＡＴＫ・ＤＥＦ・ＳＰＤの三つがかなり低いんだ。俺はまだ七歳の子供だからっていうのもあるのだろうが、このままじゃただの平均より弱い一般人となりかねない。

それにしても「なんだよこのＬＵＫの値は」って言われそうだが、生まれた時からこうだったんだからしょうがない。あのオッサンから金券を貰うことができたからＬＵＫの値が高いのか、ＬＵＫの値が高かったから金券を貰えたのか、どっちなのかは不明だが。

ところで、俺は村の外に出ることを両親から禁止されている。

というのも、ロイム村付近にはしょっちゅう周囲の森林からはぐれた魔物が出没するのである。子供にとってはたとえ最弱レベルの魔物でも命の危険があるから、十歳になるまでは子供だけで村の外には出ないように教えられているのだ。

まあ時々、ロイム村の南東にある都市、ハーガニーから冒険者ギルドの要請を受けた冒険者が魔物を間引きに来るため、強力な魔物はまず存在しないのだが。

だったら、俺七歳児だけど魔法のスキルとかあるから、弱い魔物くらいなら問題ないんじゃない？　……ということで、魔物とエンカウントしてみたい。せっかくのＶＲＭＭＯＲＰＧ風世界に来ているのに、七年間も魔物遭遇なし、魔法使用なしのレベル１はありえないしな。そんなＲＰＧがどこにあるんだよっていう。

七年間レベル１縛りプレイとか、そんなことしてる人がいたら見てみたい。

そこまでやり込んでたら廃人すら通り越してそうだから怖いけど。

「ねえねえ、デボラー。村の外に行っていいかな？」

「レンデリック様、それはいけません。外には魔物がたくさんいるのでございますよ」

今、俺の金髪を梳《す》いているデボラは、フォンテーニュ家唯一のメイドである。確か二十六歳だったか……。相当美人なんだけど、この世界では結婚適齢期が十五歳で、それをかなり過ぎているためになかなか嫁ぎ先が見つからないそうだ。日本なら二十六でもまだ早いほうだと思うんだけどなあ……。

あと、七歳児のふりをするのは結構きつい。ついつい、普通に喋りそうになる。言葉を喋れるようになった二歳児あたりはとくにきつかったぜ。うっかり変なこと喋って騒がれても大変だからな。

まあ、もう七歳になったんだから、少しは大人っぽく喋っても問題なさそうだが……。

「大丈夫だって。強い魔物はいないんでしょ？」

「弱い魔物でも、子供には十分危険な存在でございますから」

「誰かに一緒に来てもらえばいいんじゃないかな？」

「レンデリック様の外出を止めなかった、としてその人がパブロ様に叱《しか》られてしまいます」

「僕が怪我しなければ、大丈夫でしょ？」

「でしたら、パブロ様に直談判《じかだんぱん》してください。メイドの私に言われても困ります」

「何度もお願いしてるんだけど、その父様に、許可してもらえないんだよー」

「そうでしょう。それにレンデリック様は領主家の次男なのですから、あまり無理せず、もっと体を大事にしてくださいね」

「うーん……」

というわけで俺は、家族や村人の目を盗んで村の外に出る隙《すき》を探しているのだが、これがまた難しい。ロイム村を囲むように大きな防壁が立てられていて、唯一の出入り口は村人が交代で見張りをしているのだ。外出するという趣旨の書き置きはすでに準備してあるのだが。

あとはタイミングの問題であった。

†

翌日。

「父様」

朝食を食べるために家族一同がリビングに集まっていた。上座に父様、その隣に母様、向かい側に上座の方から順に、十一歳で長男のアルフォンソ、俺、三歳で三男のミケーレが並んでいる。

「なんだ？　レンデリック」

「あの……村の外に行ってみたいのですが」

直談判である。

「ならん。前から言っているだろう？　子供だけでは危険だから十歳になるまで待て」

こういう答えは予想していた。

「ですが、護衛として誰か連れていけば大丈夫ではないでしょうか？」

「自分の息子だからといってそれを許可したら、村人に示しがつかん。それに、もしお前が傷つくようなことがあっては……」

父様は、まず第一に村全体のことを考える。そして次に、母様や俺たち家族のことを考える。

いつも村のことを最優先に考え、我が子だからといって優遇したりしないから、村人たちからの信望も厚い。

「しつこいぞ、レン！」

アルフォンソがいきなり立ち上がり、俺の胸倉を掴《つか》みあげて叫んだ。

「お前はいつもそうだ！　いつも村の外、村の外!!　わがままもいい加減にしろ！」

「にいたまー、おこっちゃダメだよ？」

「ミケーレも黙れ！」

「ひっ……」

ミケーレはアルフォンソの鬼のような形相に怯《おび》えて泣きそうになっている。ミケーレは関係ないだろと思い俺はアルフォンソを睨《にら》むが、アルフォンソは俺のそんな態度にますます腹が立ったようで。

「レン、お前、領主の子だという自覚をもっと持ったらどうだ！　それができないような奴は、この家にいる資格はない！」

「おい、アルフォンソ！」

父様が窘《たしな》めるが、アルフォンソはそれがまた癇《かん》に障《さわ》ったようで、今度は父様に怒りの矛先《ほこさき》を向けた。

「父様も父様だ！　なぜ領主のくせに村人に交じって畑仕事なんかしてるんだ！　領主は領主らし

くしていればいいだろ!?　見苦しいんだよ！」

「なっ……」

父様は絶句して、悲しそうな顔を見せた。

村人と一緒になって畑仕事をしているからこそ、彼らの人気を得て、政務もスムーズになるということをアルフォンソはわかっているのだろうか。領主だからといって、屋敷に篭《こも》って書類仕事さえしていればいいというわけではないのに。

「アル！　いい加減にしなさい！」

それまで黙っていた母様の、堪忍袋《かんにんぶくろ》の緒が切れた。普段は穏やかな碧《あお》い瞳で、アルフォンソを鋭く見据える。

「優れた領主とはまず民のことを考え、民と触れ合い、そして民の信頼を得る人だということが理解できないのですか!?」

「……フンッ」

アルフォンソは朝食を残したまま、俺を睨みつけてリビングを出ていった。

リビングには、ミケーレの泣き声だけが響いていた。

その日一日、屋敷の中は気まずい雰囲気だった。

自分の発言が原因だったから、俺はちょっと落ち込んでいた。

「レン、入りますよ」

自室でベッドに仰向けになっていると、扉の向こうから母様の声がした。母様が俺の部屋まで来るのは稀だったので驚き、すぐに起き上がって扉を開けた。

母様は金色に輝く長い髪を背後に揺らして入ってきて、ドレスに皺《しわ》がつかないよう手で押さえながら椅子に座り、こちらをまっすぐ見て言った。

「レン、あなたの夢は冒険者になるか、あるいは世界中を旅することよね？」

「え？」

唐突な質問にポカンとする俺を見て、母様はクスクスと笑った。

「あなたがお父様の書斎《しょさい》に入り浸《びた》っていることは屋敷の中じゃ有名よ？　それで私は、あなたが一体どんな本を読んでいるのか気になっちゃってねえ……。調べてみたら、S級冒険者ギルバートの苦難の旅の記録だったり、王都三つ星レストランガイドだったりするじゃない？　他にも似たような本が書斎のあちこちに何冊も散らばってるし……だから私はね、あなたがこの村を出て、世界各地を見て回りたいと思ってるんじゃないのかしら、と予想してたのよ」

やはりバレていたか。というのも当たり前で、あえてその手の本を散らかしておいて俺の意思をアピールしていたんだけどな。

「……あはは、そうです。僕は冒険者になって世界中を旅したいのです。いろんな場所に行って、いろんな人と出会って、話して、いろんな文化に触れて……そういうことに、無性に憧《あこが》れるんです」

「わかるわあ、その気持ち」

母様はウンウンと頷《うなず》いている。

「私も、結婚してこの家に嫁《とつ》ぐ前は、冒険者として生活していたからねえ……。確かに、この村はのんびりしていて暮らしやすいわ。……でも悪く言えば、ここは閉鎖的なのよね。……村の外がどんなものなのかを知らないまま一生を終える人も多いし、そういう人は個人的には可哀想だと思っているのよ。だから、もしレンが世界中を見て回りたいって思うのなら、私はまったく反対しないわ。むしろ、応援するわよ?」

母様は聖母のような微笑みを浮かべる。

「……だから、アルフォンソの言ったことは気にしないで。アルの言動は頂けないけど、あの子の気持ちもわかる気がするの。だから今は心配しなさんな? ……もし、森に行くのなら、村の外れにある涸《か》れ井戸を使いなさい」

「涸れ井戸……ですか?」

「ええ。その井戸の底には村の外の森に通じている、緊急用の隠しトンネルがあるのよ。……これは、私も最近知ったんだけどね。……だから、パブロとアルに感づかれないようにうまくやるっていうなら、私は何も言わないから、自由にいってらっしゃいな?」

母様……なんという良妻賢母。

「わかりました! では早速ですけど、今日行きます。どうすればバレずに家から出られるでしょうか？」

「あら、簡単よ？　深夜に行けばいいじゃない」

いやいやいや、何を言っているんだ!?

やっぱり良妻賢母ではないかもしれない。

別に俺は深夜に外に出るのが怖いわけではないが、七歳児に深夜の外出を勧める親がどこにいるのか。

「アドベンチャーよ、アドベンチャー。スリルがあっていいじゃない」

「……」

無言でジロッと睨むと、母様は慌てて自分の顔の前で手を振った。

「いやねえ、冗談よ、冗談！　でも、深夜でもほんとにいいわよ？」

それから声のトーンを落として、内緒話でもするように囁《ささや》いた。

「だって……レン、あなた魔法も使えるんじゃないの？」

「な、なっ……」

俺が魔法を使えることは家族の誰にも喋っていない。

この世界、魔法が使える者はそこまで多くないそうだ。だから魔法のことで注目されると面倒くさいと思ったし、何より、ひがみっぽい性格のアルフォンソが魔法を使えなかったからな。

「この前ミケーレが怪我した時に、私初めてレンの前で回復魔法を使ったけど、あなた全然驚いてなかったわ。普通、初めて魔法を見た人は、みるみる傷が塞《ふさ》がっていくのを見て仰天《ぎょうてん》するものよ？　だから私は、レンが魔法を使えるんじゃないかって思ったの。それに私、この前の夜中に見ちゃったのよねー、庭であなたが何やらブツブツ呟いて、闇の魔法らしきものを使っていたのをね」

母様は何でもお見通しってわけか？　その洞察力には驚かされる。さすが母親だ。

「一応森の魔物は、強い個体は間引きされているからね。攻撃魔法が使えさえすれば、乗馬よりも安全よ？」

いやいや、乗馬と違って、魔物は死の危険があるんだが……。ああ、でも日本でも競馬の騎手で落馬して死んだ人がいるって聞いたことがあるし、大差ないかもしれない。

「違うわよ、馬は凶暴な肉食動物だから、そこらへんの魔物より厄介《やっかい》なのよねえ……」

なんと、ここでは馬は肉食動物らしい。さすがファンタジー世界。

でもそれじゃあ、乗馬の初心者はどうやって練習するんだろうな？

「初心者はまず草食動物のロバで練習するのよ。ロバはおっとり屋さんだから、スピードも遅いし安全でしょ？」

どうやら、母様もあのオッサンと同じく俺の心が読めるらしい。一体どうやってるんだろうか。

†

ということで……その晩。

俺は寝たふりをして、父やアルフォンソ、デボラも寝たであろう深夜に起きた。念のため書き置きを枕元に残し、ベッドの脚に固く結びつけたロープを窓から垂らして静かに降りた。帰りはこれを伝って部屋に戻る必要があるから、ロープはそのままにしておいた。真下は幸い窓もなく壁があるだけなので、誰かに発見されることもないだろう。

外は暗く、月の光だけが唯一の灯りだった。日本と違って、街灯も懐中電灯もない。松明《たいまつ》は念のため持参したが。

だが、俺は怯えるどころか、魔物とのエンカウントを考えてワクワクしていた。

スキップしながら例の涸れ井戸にたどり着き、松明を灯して、持参したさっきとは別のロープを垂らし底へと潜っていく。

井戸の中は暗くジメジメしていたが、それでいて神聖な空気を孕《はら》んでもいた。おそらく、村の外から魔物が入り込まないように結界が張られているのだろう。そして、この神聖な空気というのが、いわゆる聖気というやつだ。魔力とは逆の存在で、聖職者にしか扱えないらしい。村の教会の神父様が結界を張ることができるというような話を、以前母様か誰かから聞いたことがあったな。

井戸の底に降り、横に延びるトンネルを二十分ほど進むと、木や土の匂いが強くなってきた。

そしてとうとうトンネルを抜けた。

そこは深い森だった。

密生した木々の葉の隙間からは、わずかに月光が差し込むのみ。歩く度《たび》に腐葉土《ふようど》の湿った香りが強く感じられる。林床《りんしょう》はコケと落ち葉に覆われていた。

少し行ったところで振り返ると、涸れ井戸のトンネルの入り口が見える。洞穴《ほらあな》のようになっているが、魔物の侵入を防ぐ結界が張ってあることを知っているからか、不気味には見えなかった。

俺は暗い森の中を少しでも照らそうと、松明に火をつけて高く掲げた。

何も見えない森の奥から、何者かに見られている気がする。聖気を嫌がって出てこない魔物だろうか。結界はトンネル内だけでなく、周囲にまで展開されているのかもしれない。

俺が使える魔法は初期レベル、すなわちLv1で使える、【暗黒魔法】の【暗黒弾】、【混沌魔法】の【混乱の闇】、【煉獄魔法】の【煉獄弾】の三つだ。

準備は万端。

俺は少しずつ、まっすぐに森の奥へと進む。

しばらくして、目の前の草むらがガサガサッと揺れ、小さな何かが現れた。

それは、体長五十センチメテルほどの、毒々しい色が混ざった空色の流動体。

ちなみにセンチメテルはこの世界の尺度で、名前からわかるとおり一センチメテル＝一センチメートルだ。一メテルは、もちろん一メートルである。

顔も目も、手も足もない物体。だが完璧に俺を認識しているようで、迷わずこちらに向かってくる。体表からグボグボッと酸らしき泡をまき散らしていて、腐臭を放っている。体の奥に、紫色に光る小さな丸い石みたいなものが透《す》けて見えた。父様の書斎にあった書物から得た知識によれば、あれが魔核だろう。

――目の前にいるのは、おそらくスライムだ。

目も口もなく、プルプルッとしておらず、人懐こい笑顔もない。だが、俺は目の前のモンスターがスライムだと確信していた。

俺は言いたいね。誰だ、スライムは可愛いなんて言った奴は！　と。これほどまでにリアルで気色悪いとは、誰が予想しただろうか。

だが、今はそんなことを言っている場合ではない。まずは目の前の魔物をどうするかだ。

「――光を呑み込む暗黒より生まれし闇よ、小さな球と成りて敵を穿《うが》て――暗黒弾!!」

俺はすぐ前に迫ったスライムに向かってそう唱えた。俺の頭上にメロンほどの大きさの魔力のかたまりが現れ、スライムに向かって飛んでいく。

向こうもまさかこんな子供が魔法を使うとは思っていなかったのか、もしくは単に知能がないだけなのか、暗黒弾を正面から食らった。

スライムは暗黒弾に体を削られて縮んでいく。

うん、しっかり魔法が効いたようだ。今度は【煉獄弾】を使ってみる。

「――地獄の業火《ごうか》は煉獄なり。煉獄の炎よ、小さな球と成りて敵を焼き尽くせ――煉獄弾!!」

さきほどと同じく頭上に現れた炎のかたまりがスライムへ飛んでいく。

今度はスライムも避けようとしたが、煉獄弾のほうが速い。結局スライムは煉獄弾をまともに食らい、激しく燃えた。唯一残って点滅していた魔核も燃え、最後には灰になった。

「おお……」

俺は夢にまで見た魔物との戦闘と魔法の発動に、言い表すことのできない感動を覚えていた。魔法は詠唱に時間がかかるのがネックだが、それがファンタジーの醍醐味《だいごみ》であり、初陣《ういじん》の興奮もあって今はそこまで気にならなかった。

しかし、MPを消費した感覚がない……いや、パラメータ補正【魔力最大量極大】があったから、初期レベルの魔法二発ぐらいでは消費したうちに入らないのかもしれない。これなら、何体でもいけそうだな。

しばらく森を進んでいると、二体目のスライムと遭遇《そうぐう》した。

今度は【煉獄弾】、【暗黒弾】の順で攻撃し、やはり二発で倒した。

三体目のスライムは、【混乱の闇】を使用してから【暗黒弾】で攻撃した。【混乱の闇】で混乱状態にするとスライムは動かなくなったので、前の二体よりもさらに簡単に倒すことができた。

二時間ほどスライムを倒し続けていただろうか。

『――スキルがレベルアップしました。確認してください』

突然、ゲームでおなじみのそんなアナウンスが脳内に響いた。ステータスを確認してみると、【暗黒魔法】、【混沌魔法】、【煉獄魔法】がそれぞれレベルアップしていて、新しく【暗黒魔法】の【暗闇可視化】、【混沌魔法】の【無我の暗闇】、【煉獄魔法】の【煉獄の壁】が使えるようになっていた。

おそらく、普通の人はこんなに早くレベルが上がらない。もちろん、レベルが上がっていけば次第にレベルアップのペースも緩やかになっていくと思うが、たった二時間で1レベル上がるというのは恐ろしい話である。スキル〈極限突破〉のおかげだろう。


——何体目だろうか。

月光の下、現れたのはまたもやスライムである。月光を反射するヌメヌメとした空色の体表は、間違いなくスライムのもの。

だが、何かが違う。

酸の泡が沸《わ》き立っているはずの体表は、プルプルという擬音《ぎおん》が聞こえそうなほどツルツルでテカテカしている。

そしてそのスライムは俺を見つめているかのように、じっとそこに留まっている。さっきまでとは明らかに雰囲気が違う。言うなれば、敵意を感じないのだ。

一つ、思い当たる節《ふし》がある。

スキル【テイム】だ。確か、魔物にこちらの優位性を見せつければ仲間にすることができるというやつである。

ふむ、と小さく声を漏《も》らす。確かに、この二時間で、両方の手足の指を使っても数え切れないほどのスライムを倒した。それにより俺の圧倒的な実力が示され、コイツに対して優位性を持つことになったのだろうか？

するとコイツはずっと俺を観察していた、ということなのか？　もしかして森に入った時から感じていた視線は、コイツのものだったのか？

まあ……とりあえず、今は目の前のスライムに集中しよう。

「えーと、お前のことは……スライム、って呼べばいいのか？」

空色のソレは触手らしきものを伸ばすが、逡巡《しゅんじゅん》したように一度止め、それからまた動かして、宙に丸を描いた。

「……？　それでOKってことか……？　じゃ、スライム。俺と一緒に来るか？」

突如、ソレは高く跳躍し、ベチャッと音を立てて俺の胸に張り付いた。うわわっ、やっぱ敵だったのか、と慌てる俺だったが。

脳内に、アナウンスが響いてきた。

『――スライムのテイムに成功しました』

脳内で自分のステータスをスクロールして確認してみると、俺の名前の下に「？？？」と未詳の名前が追加されていた。

なるほど、張り付いたのは、仲間になる意思表示だったのか。

ぷるるんとして、しかもひんやりした感覚に少々驚いたのだが、なぜか不快には思わなかったし、ちょっと嬉しくもあった。

「やっぱり、新しく名前を付けないとな……スライムって呼ぶのもなんか違うし。ってか、もともと名前があったりするのかなあ」

何となくそう呟いたのだが、胸元のスライムは俺を見上げるようにモゾモゾと動き、触手を伸ばしてバツ印を作った。

名前はない、と言っているらしい。ステータスの「？？？」という表示は、名前がないということなのかもしれないな。

「よし、俺が名前を付けるぞ」

そう言うと、触手が勢いよくハートを描いた。思った以上にコミュニケーションがとれるようで、つい笑ってしまった。スライムには意外にもかなりの知能があるみたいだ。この個体が特別なだけかもしれないが。

他の種類の魔物にも、こんなふうに知能があったりするのかな？　楽しみだ。

「うーん、そうだなあ……体の色が水色だから……」

ふと、水色の髪をポニーテールに結んだ日本のアニメキャラクターが頭に浮かんだ。

……懐かしいな。あの子は可愛かったな。確か、小学生の設定だったけど。

そんなことを思い出し、俺はその、アニメの女の子の名前をスライムに付けることにした。断っておくが、俺はロリコンではない……と信じたい。

「スライム。今日からお前の名前は、ヴェロニカだ」

†

さしあたって、問題が一つ。

ヴェロニカが仲間になったわけだが、これからコイツをどうするかだ。多少知能があるといってもスライムだから、森に置いていくと他の魔物に襲われてしまうかもしれない。そうでなくても、スライムのように弱い魔物は、ふとしたきっかけで消滅してしまうこともあるらしいからな。

ちなみに、スキル【鑑定】でヴェロニカの能力値を勝手に見させてもらったのだが。

ヴェロニカ
魔物ランク：F

ATK：　57
DEF：　21
SPD：　10
MP　：　13
LUK：　48

俺の仲間にならなかったら他の魔物の餌食《えじき》になっていたのではないか、と思われるほどの弱さだ。

これは連れて帰るしかないかもな。

だが……。

魔物を家に入れるとなると、家族になんて言えばいいのだろうか。母様はわかってくれると思うし、父様も頼み込めば何とかなるかもしれない。問題はアルフォンソだ。煩《わずら》わしいことを言ってくるに決まっている。

じきに夜も明ける。今、俺は非常に興奮していてハイテンションだが、さすがにまだ七歳なのでオールできる自信はない。

ヴェロニカは相変わらず俺の胸元に張り付いていて、時折モゾモゾと動くのが見ていて面白い。俺は当初の戸惑いも忘れ、目も口もない、粘性の高いただの流動体に愛着を覚え始めていた。

そんなヴェロニカを見ていたら、アルフォンソのことも、どうにかなりそうな気がしてきた。アルフォンソが何を言おうと、俺はもうヴェロニカを気に入っているからな。何とかヴェロニカの存在を誤魔化す方法を見つけないと。

村に戻るため、森を戻ってトンネルに入ろうとすると、ヴェロニカが震え始めた。魔物に本能的な恐怖を感じさせる聖気の結界が展開されているからだろう。

「大丈夫だ。怖くないから。安心して」

穏やかにそう言い聞かせると、ヴェロニカは鼠《ねずみ》くらいのサイズに縮んで、俺の胸ポケットに入ってしまった。そこが一番安全だと思ったのだろう。プニプニしていて、思わず「うへへー」となってしまう。

体の一部をはみ出させてキョロキョロ動くので、なんだか母カンガルーにでもなった気分だ。

ほどなくして家に着き、垂れたままのロープを伝って誰にも見られることなく自室に戻ることに成功した俺は、部屋の隅にあったガラス製の花瓶を机の上に置いた。

「ヴェロニカ、しばらくこの中にいてもらえる？」

はい！　と答えるように触手が元気よく丸を描き、ゆっくりと花瓶に入っていった。これなら誰が見ても、花瓶に水が入っているだけだと思うはずだ。透けて見える体内の紫色の魔核がちょっと目立つ気もするが、庭で拾ってきた黒っぽい小石も一緒に入れてカムフラージュしたから大丈夫だろう。

ここまで済ませると、俺はようやく安心し、睡魔に襲われて夢の世界へと旅立った。

†

翌朝。

「レン、起きて。話があるわ」

そんな声に目を覚ますと、母様が俺にのしかかっていた。まだ朝食前だ。こんな朝早くに何だろう？　というか……。

「ぐへえ……お、重いです」

「ん？　何か言ったかしら？」

笑顔のまま膝《ひざ》十時固めを極《き》めてくる母様。

「ごめんなさい母様っ、ギブっ、ギブうぅぅぅう!!」

「母様は軽いです！」と俺が叫びながら謝ると、母様は膝十字固めを解《と》いて机の前の椅子に座った。……くそ、この母親、子供にも容赦《ようしゃ》ねえな。まあ、いい匂いしたからいいけど。

実の母には違いないのだが、早くに亡くなったとはいえ前世の母と過ごした期間のほうが長いから、どうもこの母様を完全に母として見られないところがある。なんせ、超絶美人の類《たぐい》に入るからな、この人。……性格はアレだが。

「……母様、今日は朝からどうしたんですか」

「どうしたじゃないわよ、あの花瓶の中の、紫色の石のことよ。あれ、魔核でしょう。よく手に入れたわねえ……たいていの魔核は持ち主である魔物と共に消滅して、魔力は空気中に霧散してしまうのに」

まあ、それただの魔核じゃなくて、実際に生きている魔物だからな。ちなみに魔力の強い個体ほど、魔物が消滅しても魔核の状態で残るらしく、そうした魔核は非常に高値で売買されるのだと母様は補足してくれた。

「そうなんですね。……でも、魔核って、何に使われるのですか？」

母様は顔を少し傾けて、白く細い人差し指を自分の唇に当てた。何か考えているらしい。その仕草は上品で、「冒険者やってた時はかなりモテたのよ」とよく自分で言うのも頷ける。

「……そうねえ、装飾品として使われることが多いわね。武器や防具に嵌《は》め込むと炎属性なんかに耐性がついたり、その持ち主も、何らかのスキルを獲得できたりするから。ネックレスとか、アクセサリーとして加工しても、同じ効果が得られるわよ」

ＲＰＧによくある要素だな。最近ではＲＰＧだけでなく某狩猟系ゲームだったり、ＦＰＳなんかにも盛り込まれているようだけど。

「で、強力な魔物、つまり魔力最大量の多い魔物ほど魔核は安定しているから、体が消滅しても魔核が残りやすいのよ。そしてもちろん、そういった魔物の魔核ほど、身につけた際の効果も高い……言ってる意味、わかるわね？」

「はい、わかります。……魔核に、より多くの魔力が宿っているからですね？」

「そのとおりよ。レンは理解が早くて助かるわね……」

まあ、前世でのゲーム知識があるからな。一口《ひとくち》に魔物といっても、魔力最大量によってまったく強さが違う。そこは某狩猟系ゲームの下位とG級みたいなもんだ。体の大きさはほぼ同じなのになぜここまで差が出るのかと、真面目に考察してみたりしたものだ。

そんなことを考えていたら、母様が、ビシィッと花瓶を指差した。

「で！　魔核のことは置いとくとして！　この水の色は何よ！　見たことないわ！　なんだか神秘的だし、一体どこで手に入れたの!?」

確かにとても綺麗だとは思う。スライムは、水色をしたジェル状の物質から成る流動性の生き物だ。そのため、光が複雑に反射して輝く。……うーん、あれはコロイド溶液だと思うんだけど、異世界補正がかかっているのかもしれない。

……それにしても母様は本当に鋭いな。よし、本当のことを話そう。のちのち誰かに見つかった時に理解者がいてくれたら助かるし、母様は元冒険者で無類のスリル好き人間だから、俺の話を楽しんで聞いてくれそうな気がする。

「えーと、母様、大事な話があります」

俺は椅子に座っている母様にまっすぐ向き直った。

「大事な話って？」

母様は花瓶の方を見ながら傾けていた首を、さらにコテンと傾けた。

「えーとですね、僕は、【テイム】を使えます」

「えっ……レアスキル【テイム】持ってるの!? ……羨ましいわあ、前にハーガニーの街で『ケット・シー』とか『クー・シー』を見た時は、【テイム】が欲しくて堪《たま》らなくなったわ。……で、それがどうかしたの？」

ちなみに俺のはただの【テイム】じゃなくて、最上級の特殊スキル〈テイムマスター〉なんだけど、本当のことを言う必要はないだろう。基本的な効果は同じだからな。ちなみに、ケット・シーは喋る小猫、クー・シーは喋る小犬だと思ってくれればいい。

それにしてもどう説明したものか……口で説明するより、見せたほうが早いかもしれないな。

俺は母様の質問には答えずに、花瓶に近づき、中に向かって呼びかけた。

「おーい、ヴェロニカー。出てきて大丈夫だぞ」

「レン……あなた、何やってるのよ？　……って、えっ!?」

母様が、「何この子一体どうしちゃったの花瓶に話しかけて」という表情になった直後、水色でツルツルのジェルが勢いよく花瓶から飛び出して俺の胸に張り付き、そのまま縮んで胸ポケットに入った。

それを見ていた母様は、目を見開いて口をパクパクさせた。

「母様、見てのとおり、花瓶の水は実はスライムなんですよ」

「……っ、な、なるほど、スライムをテイムしたのね？　……でもスライムって、こんなにツルツルテカテカだったかしら？」

一般的にはスライムは濁ったジェリー状の体で、腐食作用のある酸をまき散らし、腐臭が辺りに漂うほど臭いのきつい魔物である。

森で最初に見たスライムもそんな感じだった。だがスキル【鑑定】で読み取った情報によると、酸をまき散らすのは敵と認識した相手に対する威嚇《いかく》としてらしい。威嚇すべき相手のいない時には、本当の姿――光輝く水色の流動体――を見せるようだ。

そのことを母様に説明すると、「なぜそんなこと知ってるのよ？」と聞かれたので「【鑑定】です」と答えた。すると今度は「何で、そんなにレアスキル持ってるのよ……」とまた羨ましがられた。ごめんなさい、冥界で金券を手に入れたから、とは言えないです。

「ほら、ヴェロニカ。この人は僕の母様だよ。挨拶《あいさつ》して」

ヴェロニカに呼びかけると、胸ポケットから伸びた二本の触手が、母様の顔の前でハートを描いた。

「あらまあ……でもスライムって、こんなに知能高かったっけ……？」

「どうですかね……。僕の他に、スライムをテイムした人はいなかったんですか？」

「そうねえ、そういう人も話には聞いたことあるけど……。でも、そういうスライムは、その人の言うことをわずかに理解しているとか、それぐらいだったみたいよ？　そもそもスライムってどちらかというと不人気な魔物だからねえ。わざわざテイムしようっていう人もあんまりいなくて、サンプルが少ないのよ。それにしたって、こんなにコミュニケーション能力があるっていうのは、聞いたことないわねえ……」

「……うーん、個体差ですかね……？」

双子でも性格が違うように、また、同じ勉強量でも成績に差が出るように、スライムにも個体差があるのだろう。スライムって総じて賢いのかなと考えたこともあったが、やはりヴェロニカが特別なようだ。

それにしても、母様は理解があるなあ。この状況を受け入れてくれているもんな。

でも……もっとも大きな問題が残っている。

「このこと……ヴェロニカのことも、僕の魔法やスキルのことも……母様と僕だけの秘密でお願いします。とくにヴェロニカのことは、父様は絶対心配するでしょうし、アルフォンソ兄様に至っては……」

「わかってるわよ。……でも、アルフォンソは仮にもあなたのお兄さんなんだから、少しは敬いなさいよね」

そうは言うものの、母様もアルフォンソには手を焼いているようだ。「初めての子供だったから、つい甘やかしてしまった私のせいかも……」と俺に漏らしたこともあった。そう考えると、母様は明らかに俺を七歳児扱いしていないのだが、俺は別に気にしていない。

「それで……えーと、ヴェロニカのことは、私に任せときなさい。もし何かあっても、私はずっとレンの味方よ」

「母様……ありがとうございます」

結論。母様はやはり良妻賢母だった。

†

「母様、せっかくですから魔物の生態について、教えてくれませんか？」

そのあと俺たちはしばらくの間ヴェロニカと戯《たわむ》れていた。ヴェロニカは嬉しそうに何度も触手を動かしていたが、やがて疲れたのか、花瓶に戻って大人しくなった。

母様が推測するには、知能の高いスライムは自分の体を触手状にすることができ、その中でも特に知能の高い個体は、その触手で意思表示ができるのではないかとのことだ。「ヴェロニカだからできて当然です」と答えたら、「それを飼い主バカって言うのよ」と笑われた。

いいじゃないか。

そりゃあ、ヴェロニカは目も口もないスライムだけど、それでも俺は無条件に可愛いと思ってしまう。まああとで、母様も「私も親バカなんだけどね」と言っていたが。

「魔物の生態ね……私は冒険者としての知識しか持ってないけど、それでもいい？」

俺が頷くと、母様は語り始めた。

「まず、魔物っていうのはね――」

魔物とは、魔力から生まれ、魔力を糧《かて》に生きる生物である。

その体は人間や他の動物と同じように、器官、筋肉などで成り立っている。違うのは、魔物の体には魔力が結晶化してできた魔核があり、この魔核が心臓のように常に体中に魔力を供給している点だ。

魔物は、他の魔物や人間など（人間にも微量ながら魔力がある。もちろん個人差はある）、魔力を持つ生物を屠《ほふ》ることでその生物の魔力を自分の魔核に蓄《たくわ》える。それによって魔核の魔力最大量が上昇し、体内を循環《じゅんかん》する魔力量が増えて、筋力や敏捷性が高まるのだ。

だが魔核の魔力量がある程度増えると、もともとの体ではその増えた魔力を効率的に使用することが難しくなってしまう。

そのため魔物は自らの姿を、より効率的に魔力を使用できる形態へと変化させる。

これが俗に言う「進化」である。

例えばオークという二足歩行の豚の魔物なら、下位個体から弱い順に、「オーク」「オークソルジャー」「オークジェネラル」「オークキング」というふうに進化する。その違いは体躯《たいく》の大きさ、筋力、敏捷性などが中心で、サイズの違いはあれど外見はいずれもオークっぽさを残しており、その系統だとわかる。

逆に言えば、より多くの魔力を効率的に使用するためには、身体能力を上げればいいということだ。

だが、そのような法則に従わない個体も稀にいる。

そうした個体は、翼が生えたり腕が四本になったりと、通常では辿《たど》ることのない進化を遂げる。

こういった魔物を「変異種」あるいは「特殊進化個体」といい、それらは通常よりも遥かに強力なものがほとんどで――。

「――私も昔、ゴブリンの変異種が何千ものゴブリンを率いて現れた時に、冒険者ギルドの緊急招集を受けたわ。通常のゴブリンは、もう弱い小さい醜いの三拍子揃ってるんだけど、その変異種は目から灼熱《しゃくねつ》や電撃、氷結の光線を放ってきて、私も肩や足を貫かれたの。最終的になんとか討伐《とうばつ》したんだけど、死者がかなり多くてね……もう二度と、あんな思いはしたくないわ。回復魔法が中心の私が、誰も助けられないなんて……あまりにも無力で、とても辛かった」

母様は当時を思い出したのか、しんみりしてしまった。そしていきなり顔を上げ、落ち込んでいたのを誤魔化すように「たはは……」と力なく笑った。

「……辛気臭《しんきくさ》くなっちゃったわね。とにかく、私が知っているのはこのくらいかな？　あまり詳しくなくてごめんなさいね」

——いやいや、詳しくないなんてとんでもない！

いつも思うんだが、母様はわりとスペックが高い。才色兼備、性格は明るくて優しい、料理はうまい（普段はデボラが作ってくれるのだが）、運動神経もいい。

……これ、「わりと」じゃなくて、「とてつもなく」高いんじゃね？

「母様は回復魔法中心の、いわゆる回復職だったんですね……」

「ええ、昔は『ハーガニーの聖乙女』って言われてたわよ」

「えっ、乙女？　誰が？」

「何か、言ったかしら？」

本日二度目の膝十字固め。

「ごめんなさい母様っ、ギブっ、ギブうぅぅぅうう!!」

お詫びして膝十字固めを解いてもらったあと、母様に指示されたデボラが花瓶のまわりを彩る飾り花を持ってくるまで、俺たちはしばらく雑談に花を咲かせたのだった。

†

「やあレン、おはよう」

朝食の時間になって、一階のリビングに下りると、兄のアルフォンソと弟のミケーレが先に席についていた。俺が椅子に座ろうとした時、昨日の怒りはどこへやら、すこぶるご機嫌な様子でアルフォンソが挨拶してきたのだ。

「おはようございます、兄様」

「なあレン、早速だけど、レンは冒険者になりたいのかい？」

「ええ、そうですが、どうしてそれを？」

「ああ、いや、ゆうべ母様が父様にそう言っていたのを、たまたま聞いてしまってね。……とにかく、そうするとレンは、この家を継ぐ気はないということだね？」

あれ、内緒だったはずだが……昨夜のうちに話していたのか。母様め。

「レン、どうなのかな？」

アルフォンソがもう一度聞いてくる。

この家を継ぐ……か。

確かに、貧乏とはいえ父様は辺境伯だからな。辺境伯は、貴族の中ではわりと重要なポストだ。ロイム村は小さいので、フォンテーニュ家はそこまでの地位ではないだろうが、それでも爵位《しゃくい》には変わりない。

それでも俺の心の中では、冒険者になりたいという願望が勝っている。だからよほどのことがない限り、この家を継ぐ気はない。

「僕は世界中を旅してみたいんですよ。王都で美味《おい》しいご飯を食べたり、冒険者仲間と酒場でワイワイしたりとか。家を継ぐより、そういう夢を追いかけたいんです」

「そうか！　よかった！」

アルフォンソはほっとした顔でそう言ったあと、こちらを見て、慌ててつけ加えた。

「……あっ、いや、何でもないぞ？　俺はレンが冒険者になるのを心から応援してるよ！　はっはっはっはっ」

「レンにいたまー、りょうしゅ、ならないの？」

弟のミケーレが俺の顔をツンツンと指で突《つつ》いて聞くので、俺は頭を撫《な》でてやりながら答えた。

「ああ、俺は冒険者になるんだよー」

「そうとも！　レンは冒険者になるのさ。そして領主になるのは、俺だよ！　はっはっはっはっ」

アルフォンソが一人で笑うが、まだ三歳のミケーレはそもそも「領主」の意味を知らないらしく、

「ふーん？」と首を傾げていた。

まあ、兄様の機嫌が直ったので、とりあえずほっとしたよ。

機嫌がよければ、わざわざ俺のことなんて気にしないだろうからな。

これでしばらくは、ヴェロニカの存在に気づかれる心配もなさそうだ。

STATUS

名前：レンデリック・ラ・フォンテーニュ

年齢：７歳

職業：なし

種族：人間

特殊スキル：〈テイムマスター〉〈創造王〉〈体術王〉〈極限突破〉〈王の系譜〉
〈冥界の加護〉〈男は拳で語る〉〈牡のフェロモン〉〈絶倫〉

一般スキル：【テイム Lv １】【鍛冶】【錬金】【調合】【建築】【王級工房】
【鑑定】【指揮】【暗黒魔法 Lv ２】【暗闇可視化】【混沌魔法 Lv ２】
【煉獄魔法 Lv ２】【甘いマスク】【精力回復】

第二章　ヴェロニカの進化

二週間が経った。

俺とヴェロニカはしょっちゅう森に行って、レベル上げに勤《いそ》しんでいた。ヴェロニカの頭頂部らしき中央の膨らみには花冠が被せられている。これはデボラが花瓶のまわりを飾るために摘んできた花の余りで、おれが作った。うん、可愛い。

この二週間で、俺は一般スキル【暗黒魔法】【混沌魔法】【煉獄魔法】がLv４に、ヴェロニカも特殊スキル〈スライム〉と一般スキル【初級回復魔法】【初級水魔法】がそれぞれLv４になり、おかげで戦術に幅を持たせられるようになった。俺が攻撃を、ヴェロニカがサポートをそれぞれ担当している。ヴェロニカが仲間になったことで俺のステータスにボーナスが付与されたらしく、身体能力が大きく上昇した。

しかしこの、レベルの成長速度な。

本来、大人の冒険者が数年はかかるレベルに、たった二週間で到達してしまった。〈極限突破〉の効果が凄すぎて、逆に世の中の冒険者たちに申し訳なくなるけども。

それにしても、この森にはスライムしかいないのか？　スライム以外の魔物をまだ一度も見ていない。少々物足りなく感じる。だが、ここはゲームではなく現実の世界。だから「おおレンデリックよ死んでしまうとは情けない」的な、いつのまにかセーブポイントの教会に戻っているという謎の復活設定など存在しないので、安全であるに越したことはない。

さて、そんなある日、父様が武術の、母様が魔法の稽古《けいこ》をそれぞれつけてくれることになった。

父様は俺が冒険者になりたがっていることを、母様に聞く前から知っていたらしい。考えてみたら当たり前で、俺が冒険者絡みの本を読み漁っていた場所は他ならぬ父様の書斎だったからな。母様が気づいたなら、父様も気づいていておかしくない。

稽古をつけてくれるってことは、父様も俺が冒険者になることを認めてくれたということだろう。はっきりと言ってはくれないが。

父様は辺境伯になる前は、母様と同じパーティで前衛を務めていた、Aランクの冒険者だったそうだ。

ランクというのは冒険者の「格」のことで、SSS・SS・S・A・B・C・D・E・Fの九段階に分かれており、無論SSSに近いほど強いのだと母様が教えてくれた。かつて父様と母様は、ハーガニーを拠点に冒険者として活動していたそうだ。ハーガニーは、ロイム村を通る小川が流れ込む、ハルヴェリア王国北部の大河・ハーグ川の源流を中心に発展した河港都市である。

ハーガニーは大都市で冒険者も多く、Sランクの人が二人もいたらしい。それでも、Aランクであるウチの両親も負けないくらい有名だったそうだ。そんなことを定期的に村にやってくるハーガニーの商人たちに聞いた。それを両親に話したらとても照れていたが。

実際、稽古の際に【鑑定】で母様の能力値を見てみると――。

エレーネ・ラ・
フォンテーニュ
冒険者ランク：A
ATK：　4877
DEF：　3726
SPD：　7481
MP　：　9638
LUK：　5875

さすが元Aランク、「ハーガニーの聖乙女」と謳《うた》われていただけのことはある。

今、俺のすぐ前でアルフォンソに剣術を教えている、当時「ハーガニーの守護者」と呼ばれていたらしい父様の能力値も見てみよう。

パブロ・ラ・
フォンテーニュ
冒険者ランク：A
ATK：8948
DEF：9710
SPD：3123
MP　：2861
LUK：6817

強いなあ。圧倒的だ。雲の上すぎるんだ、この二人は。だが母様に聞いたところによると、Sランク級冒険者の中には全てのステータス値が一万を超える人もいるそうで……いやはや、何とも恐ろしい。

「おいレン、お前、武器は何にするんだ？」

稽古は屋敷の庭で行われているのだが、アルフォンソの番が終わり次は自分だというのに、何の武器も持たずにいる俺を見て父様が怪訝《けげん》そうに言った。

「はい……僕は拳闘術を教えて欲しいのです」

「拳闘術だと？　そんな危険なものをわざわざ選ばなくてもいいだろう？」

拳闘術は自分の肉体を武器にするため、剣のように刃で敵の攻撃を受け流したりすることもできず、硬いモノを殴れば自分の拳もダメージを受ける。自分の身一つなので小回りは利くのだが、一般的には敬遠されがちであった。父様も剣や槍のほうが安全で強力だぞ？　と思っているのだろう。

――だが、俺にはこれしかねえんだよおおおおおお!!　他の近接武器は適性がないんだよおおおおおお!!

「拳闘術がいいんですよ……」

「だ、大丈夫か？　目が虚《うつ》ろだぞ？」

父様は俺を心配して近づいてきた。心配してくれるのはありがたいのだが、父の腰にぶら下がっている剣が目に入り、ますます気分が落ち込んだ。

くそ、剣のことは忘れよう。そういえば確か俺は、遠距離武器も使えるんだったな、遠距離最高！

はあ……。まあいいや、遠距離武器、たとえば弓なんかは使えて損はないはずだ。魔法の通じない敵や空を飛んでいる敵には、それなりに有効だろうからな。

「あっ、あと弓も使えるようになりたいです」

「ふむ……では拳闘術と弓術の稽古でいいか？」

「はい」

そういうわけで稽古が始まった。といってもまずは、軽快なフットワークに必要な足腰を鍛えるべく、走り込みがメインだ。

俺が庭を周回している間、父様はまたアルフォンソに稽古をつけていた。あとで父から聞いたのだが、アルフォンソの剣術は可もなく不可もなくというレベルだそうだ。

「レンは、走り込みからか」

走り終えて庭で休んでいると、ちょうど稽古を終えたアルフォンソがやってきた。黒い髪が汗で濡れている。

「兄様も、お疲れ様です」

「武器は何を選んだんだ？　知っていると思うが、俺は、この長剣だ」

アルフォンソはそう言って、腰にぶら下がっている剣の柄を左手で軽く叩いた。

もう剣に未練はない。ついつい剣に目移りしてしまうなんてこともないからな……ほんとに。ホントダヨ。

俺は右手で握り拳をつくって、アルフォンソと同じように左手で軽く叩いた。

「これですよ、これ。拳闘術です」

するとアルフォンソは一瞬呆けた表情になったが、すぐに笑顔に戻った。

「そうか、がんばれよ！　応援してるぜ」

身を翻《ひるがえ》して家の中に向かう兄様の足音は、少し荒々しかった。

「……舐《な》めすぎだろうが……っ」

兄様のそんな呟きが聞こえたが、事情を知らない兄様に言われても仕方なく、俺は気にならなかった。

ちなみにこのあとの数時間の稽古で、俺の【初級拳闘術】はLv２に上がった。〈極限突破〉、恐るべし……。

†

夜になり、いつものように森にスライムを狩りに行った。涸れ井戸のトンネルを抜けると、嗅ぎなれた森の匂いがする。ヴェロニカはすっかりトンネルの聖気に慣れたようで、怯えることなくいつものポジション（俺の胸ポケット）に収まっている。今夜は満月で、銀色に光る月が辺りを幻想的に照らしていた。

だが、何かがおかしかった。森をいくら歩いても、スライム一匹すら現れないのだ。あまりにも静かすぎる。

三ケ月間森に入り浸っていたため、こんな異常はすぐに察知できた。

「なんだ……？　一体どうなってるんだ？」

さすがに気味が悪くて、背筋を嫌な汗が流れる。おかしい。心臓がバクバクと鼓動《こどう》を打つ。ヴェロニカも何か感じたようで、ちぢこまって震え始めた。

――帰ろう。今夜の狩りは危ない気がする。

そう思い、トンネルの方へ引き返そうとした途端。

ヴェロニカの震えが、今までにないほど激しくなった。そして俺も、咄嗟《とっさ》に動かなければいけない気がして、本能の命じるままに右に跳んで地面を転がる。

刹那《せつな》、顔のすぐ左で、ヒュン、と風を切る音が聞こえた。そして肩に鋭い痛みが走る。

「くうっ！」

痛みに呻《うめ》きながらもすぐ体を起こすと、目の前には、予想もしなかったモノがいた。

「アオォォォォォオオオオオン‼」

夜の森に咆哮《ほうこう》が木霊《こだま》する。満月に向かって遠吠えをしているのは、月明かりで毛並みを銀色に輝かせた狼だった。

静寂に包まれていた森が、ざわめき出す。

風が吹き始め、木々が揺れる。

「アオォォォオオオオオオオン‼」

さきほどの遠吠えに呼応するように、前方の森の奥から大きな咆哮が聞こえた。そして近づいてくる、荒い息遣いと敵意を剥《む》き出しにした目。ゆっくりとした動作で、二頭の狼が、はじめに現れた狼に並んだ。

「――群れかっ！」

三頭の狼は俺を獲物と認識したようだ。中央の特に大きい個体がおそらくボスだろう。体長はおよそ二メテルで、人間など骨ごと簡単に噛み砕いてしまいそうな顎《あご》と牙を持っている。

逃げられない。ならば、やるしかない……！

戦に勝つには、敵の情報を把握することが最重要だと孔子も言っている。俺には、【鑑定】がある。

「鑑定！」

ファングウルフ
魔物ランク：E
　ATK：　964
　DEF：　388
　SPD：　863
　MP　：　　0
　LUK：　289
特徴：
　巨大な牙を持ち、群れで
　行動する。夜行性。

ファングウルフリーダー
魔物ランク：D
ATK：1287
DEF：653
SPD：1387
MP：0
LUK：289
特徴：
ファングウルフの通常進化個体で、人里に出没することも。夜行性。

ちなみに、ヴェロニカの種族である通常のスライムのランクはFで、最低ランクだ。魔物のランクも人間と同じ九段階となっている。

Fランクモンスターは戦闘力の乏しい子供でも数人で戦えばなんとか倒せるが、ランクが一段階上がっただけで、強さは跳ね上がると言われている。

Sランクは、ドラゴンやフェンリルの上位種のような、災厄《さいやく》として扱われるほどの魔物。だが討伐できる冒険者もわずかながらいて、そういう人は英雄並みの扱いを受けているらしい。

そしてSSランクのドラゴン上位種、フェンリル最上位種などになると、ほとんど天災レベルの危険度なのだと、父の書斎の本に書いてあった。

余談だがSSSランクに認定されたモンスターはまだいないそうだ。……もしいるとすれば、世界そのものを滅ぼしかねないほどの存在か。

さて……。

目の前の狼たちはランクを見る限り、スライムとは段違いに強い。しかも三頭と同時に戦わなくてはならない。

前世の日本なら死亡確定の状況だろうが、ここは異世界。大人の冒険者は狼ぐらい軽く討伐できるという。

そのことを思い出し、勇気づけられた。そうだ、ここは日本じゃない。異世界なんだ。

「格上の敵だとしても、俺には魔法がある。やれない相手じゃない！」

俺はそう言って自分を奮い立たせる。

ヴェロニカはそれまで狼との力の差を感じて萎縮していたのだが、立ち向かおうとする俺を見て自分も参戦しようと思ったのか、胸ポケットから飛び出した。俺は慌ててヴェロニカを胸ポケットに押し込む。

「悪いな、気持ちは嬉しいが、ヴェロニカを危険に晒《さら》すようなことはしたくないんだ」

その時、グルル……とボス狼が唸《うな》った。俺の戦意を嗅ぎ取ったか。

狼たちが前足を片方引いて、飛びかかる体勢をとった。

その瞬間、俺は叫んだ。

「――地獄の業火は煉獄なり。煉獄の炎よ、我が身を覆う壁と成りて護れ――煉獄の壁!!」

【煉獄魔法Lv2】のこの魔法は、術者を中心に半径一メテル、高さ五メテルの炎の壁を発生させる。

この炎はただの炎ではない。地獄で魂の罪を浄化する炎、敵意あるものを燃やし尽くす炎だ。そしてこの炎は、対象を選ぶことができる。

ここは森の中であり、木々を焼き尽くすような強力な炎は本来御法度《ごはっと》だが、俺は燃える対象を俺に敵意を持つ狼たちに限定した。

「ギャン!?」

詠唱が終わるより一瞬早く飛びかかってきた一頭は、そのまま現れた炎の壁に呑み込まれる。ガアッ、と断末魔の叫びが聞こえ、骨まで燃やし尽くされた。同時に、煉獄の炎の壁も消滅する。

【煉獄の壁】はもともと防御魔法であり、一度敵を燃やすと消えてしまうのだ。

「よし、まずは一匹!!」

作戦では二頭を一気に仕留めるつもりだったのだが、まあ一頭でも十分だ。

仲間がたやすく屠られたのを見て、ボス狼の表情が驚きに歪《ゆが》んだ――。

警戒心と敵意を露《あらわ》にしたボス狼が唸ると、もう一頭が俺の背後に回った。

最初の一頭はあちらの油断もあって軽く倒せたが、狼はもともと賢いからな。それに凶暴な魔物だから、こちらも油断などもってのほかである。

背後にいる、ボスではないほうの狼をまず狙う！　先手必勝だ！

「――生も死も創造も破壊もまだなき無の淵《ふち》よ、その混沌で敵を惑わす闇とならん――混乱の闇!!」

小さい狼を混乱させて、ボス狼を攻撃させるのだ。

俺の手元から生じた黒い霧が背後の狼を包む。すると狼は虚ろな目になってふらふらし始めた。

ボス狼は危険を察知したのか、決して仲間のそばに行かずじっと様子を窺《うかが》っている。

――さすがにボス狼は特に知能が高いらしい。かなり用心深いな。

小さい狼は混乱しているようだが、ボス狼に襲いかかろうとはしなかった。戸惑って、足元が覚《おぼ》束《つか》なくなっており、どちらかというと戦意を失っているようだ。

俺は混乱魔法の持続時間をまだ検証していなかったので、急いで別の魔法を唱えた。

「――地獄の業火は煉獄なり。煉獄の炎は敵を喰らい尽くす蛇とならん――煉獄の蛇!!」

【煉獄魔法Lv３】で獲得するこの魔法は、標的を食らい尽くす地獄の蛇のような炎を生み出す。

「ガアッ……！」

小さい狼は自分に迫る脅威から逃れようとするが、体は思いどおりに動かない。そして炎の蛇に呑み込まれ、痛々しい声をあげ、しばらくして灰となった。

残るは、ボス狼のみ。意外と呆気なくこの場を乗り切れそうだと、俺は心に余裕ができた。

「よっしゃ！　あとはボスだけ……ぐあっ⁉」

ボス狼の方へ振り返ろうとした瞬間、背中と肩が鋭い衝撃に襲われ、俺は訳もわからず地面に倒れる。そして何か重いものによって、湿った腐葉土に顔を押しつけられた。

額を冷たい汗が流れる。

頭上で荒い息遣いが聞こえ、俺はようやく何が起こったのかを理解した。

俺が小さい狼の方を向いて【煉獄の蛇】を唱えている間に、ボス狼は俺のすぐ後ろまで迫っていたのだ。そして俺が安堵して隙を見せた瞬間に飛びかかり、体重をかけた前足で頭を地面に押しつけた。狼の典型的な狩り方だ。

「くそっ……」

頭を踏まれているため呻くのが精一杯で、魔法の詠唱もできない。

ならばと今日の日中に少しだけ教わった初級拳闘術で、つまり拳で殴ろうとするが、地面にうつ伏せの状態ではまともに殴れるはずもなく……ボス狼は勝ち誇ったように俺を見下していた。いくら〈体術王〉スキルがあるといっても、七歳児の身体能力などたかが知れている。そこに上昇補正を加えた程度では、Dランクのモンスターに勝てるはずがないのだ。

肩からは鮮血が噴き出している。

激しく後悔した。

自分はもう生きてこの森を出ることはないだろう。

何が、確定潜在値115だ。

チート気味な己の才能を過信した結果がこれだ。

せめて【煉獄の蛇】を唱える前に【煉獄の壁】を使っていれば……。

一番強い個体がまだ残っている状況で、なぜ俺は油断してしまったのだろうか。あれほど油断は禁物だと自分に言い聞かせていたのに。ここはゲームの世界じゃないのに。ボス戦の前にセーブしたり休憩したりするような感覚は、現実の戦闘においては命取りだ。

だが、ヴェロニカには助かって欲しい。俺は力をふりしぼってわずかに上半身を浮かせ、胸ポケットからヴェロニカを出して放った。

「……逃げ……ろ！　……ッガハァッ……!?」

ボス狼が前足で俺の頭をさらに踏みつけた。ここにいたらヴェロニカもこの狼に食われる可能性がある。だがヴェロニカは動こうとしない。俺はそんなヴェロニカに苛立《いらだ》った。

「……逃げ……ろ」

それでもヴェロニカは動かない。それどころか、俺の方に戻ってきた。

「な……何を……」

その時ボス狼が、自分の頭を振り上げた。

口から覗く大きな犬歯。それを俺のうなじに突き刺そうとしているのだとわかった。

今度こそ終わりだ。死を覚悟して、俺は目を瞑った。

「――っ」

首にこれまで味わったことのない鋭い痛みを感じ、生暖かいものが首筋に広がる。

そして次の瞬間、俺の視界は淡い水色の光に覆われた。

こんな状況だというのに、なぜかその光に安らぎを覚えて、そのまま俺は意識を失った。

†

「……！　……っ！」

どうしてだろう。まだ意識があるみたいだ。だが、すでに体に痛みはない。自分は死んだのだと結論づけると、まーた変なオッサンでも出てくんのかね、と、暑苦しいが、わりと嫌いではなかったあの人物を思い出した。

「……！　……ンっ！」

考えてみると、前世から合わせての二十五年で二回も死んでいることになる。さすがに多いだろうとため息が出た。

それにしても、あの豪華なスキル群――下降補正とか、少なからず不満もあったが、それは贅沢《ぜいたく》というものだから黙っておく――を活かす前に死んでしまったのは激しく悔やまれる。宝の持ち腐れだ。二百年ぶりの金券って話だぞ？　何やってんだ俺は。

しかし、なんか気持ちいいな。体中の疲れが癒されていくようだ。一回目の冥界は、こんな感じじゃなかったんだがな。

「……ン！　……レン！」

ん？　誰かに呼ばれている気がするぞ。しかも結構可愛いボイスじゃないか。どうやら二度目の死後の世界で、ようやく俺にも春が来たらしい。

「――レン!!　死んじゃダメだよぉ!!　回復が間に合わなかったのかな……どうしよう!?」

はっきりと俺を呼ぶ可愛らしい声が聞こえ、その声の主を探そうとした時に、自分が目を瞑っていることに気づいた。

次第に回復してきた嗅覚《きゅうかく》が、獣臭い血の臭いを嗅《か》ぎ取った。うう……頭がクラクラするし、目もチカチカする。誰かに肩を揺すられて、急速に意識が現実へ戻る。

「――死んじゃダメだよぉ!!」

そうだ、俺は死んだはずじゃなかったのか？　あのボス狼は、俺の無防備な首にその牙を突き立てようと――。

だが、ぼやけた視界に映る影と、俺を呼ぶ声は、明らかに子供のものだ。何してるんだ？　まだ近くに、狼が潜んでいるかもしれないんだぞ？　早く逃げろ!!

そう言おうとして、目をこすって見開くと――。

「レン!!　意識が戻ったの!?　大丈夫!?」

——相手のその勢いに、俺は逃げろと言うのも忘れてポカンとしてしまった。

そんな俺を見て、「ああ、よかったあ……」としがみついてきたのは、一糸纏わぬ、空色の髪をした美少女だった。ポニーテールで、頭に花冠《はなかんむり》を載せている。

少女の後ろには、頭部のない、ボス狼と思しき死骸《しがい》があった。

……一体、何がどうなった？


森はいつの間にか静けさを取り戻し、そよ風が吹くたびに、地面に映る銀色の月明かりが木の葉と共に揺れている。

俺は立ち上がり、強《こわ》ばった体をほぐそうと、うーんと伸びをした。予想以上に筋肉が凝《こ》り固まっていたようで「おっとっと……」と情けない声を出してよろめいた。

膝を手で押さえて体を支え、辺りを見回す。ボス狼と思われる骸《むくろ》と、灰になった小さい狼。

——危機は確かに去ったようだ。

間一髪のところで誰かが助けてくれたのだろう。通りすがりの、名前を名乗らない「俺カッケー」的思考の人がいたのかもしれん。で、その後、俺をこの少女が発見した……って感じかな？「俺カッケー」の人は回復魔法もかけてくれたらしく、首や肩に手を当ててみるとすでに血は止まっている。

改めて助かったと思うと、急に体の力が抜けて、俺はへなへなと地面に崩れ落ちた。それを見て、少女が泣きそうな目を向けて言う。

「レ、レン……まだどっか痛いの？」

心配そうに俺を見つめるその瞳は……髪の色と同じ、空色をしていた。

「いや……大丈夫。ちょっと安心して、気が緩《ゆる》んだだけ」

それを聞いて少女も安心したのか、嬉しそうにぺとーっと抱きついてきた。

え……？　何、この状況!?　見知らぬ裸の美少女に涙ながらに抱きつかれるこの状況って何!?

待て俺、まずは落ち着け。深呼吸深呼吸。ひっひっふー、ひっひっふー……違うそれラマーズ法や！

えーと……すーはーすーはー……。

焦りすぎて、落ち着くまでにかなり時間がかかってしまった。……そこの美少女よ、俺を変な目で見てはいかんぞ。というか、この子誰だ……？　どこかで見たような気がするんだが。おそらく俺と同じくらいの年齢だろうが、村にこんな子はいなかったはずだ。

それに、さっきからレン、レンと俺の名前を連呼している。もしかして知り合いか？　向こうは俺の名前を知っているのに、俺は彼女に心当たりがないなんて、失礼じゃないか。

「え、えーと……そこの美少女さん？　助けてくれてありがとう。もしかして……知り合いだったりする？」

その美少女は俺の言葉に、大きな瞳をパチクリさせて、笑い始めた。

「アハハッ、アハハハハハッ、そうだよね、わかるわけないもんね！　そ、それに、び、美少女

「だって！　恥ずかしいけど……それ以上におかしいっ……」

あれ？　なんかまずいこと言ったかな？

しばらくして、頭に美のつく少女は笑いが収まったのか、目尻の涙を人差し指で拭った。

そしてその指で、頭に載っている可愛らしい花冠をさす。

「レン!!　私だよ!!　これ、レンにもらった花冠だよ!!」

――見覚えがあった。

それはまさしく、俺が作った花冠であった。

でもこれは、ヴェロニカにあげたはずで――。

胸ポケットに普段の慣れ親しんだぷよぷよした感覚がなく、辺りにも姿が見えなかったから、ヴェロニカは無事逃げられたのだと思っていた……。

だが目の前にはヴェロニカとまったく同じ空色の髪と目が、月明かりを受けて光っていた。

まるで稀代の彫刻家が全身全霊を懸けて彫り上げた人形のように整った顔立ちだ。ほんのり桃色に染まった頬とぷっくりと膨らんだ瑞々しい唇がなければ、本当に人形だと思ってしまう。

俺と同じくらいの年齢だと思われるが、すでに完成されたといっていいほどの可愛らしさで、見る人すべてが惚《ほ》れ惚《ぼ》れするだろう。

そしてその少女は、胸の前で、ハートを手で作ってみせた。

これは……三ヶ月間、毎日のように見ていた……あのハート？

「まさか……ヴェロニカなのか!?」

正解だと言わんばかりに、とびきりの笑顔で少女は俺の胸に飛び込んできた。幸せそうに、俺の胸に頬ずりをする。

「レン……!! 私、喋れるようになったよ!! 私の夢、叶ったんだよ!! これから、レンと毎日、喋れるんだよ!!」

†

「ってか裸! 裸じゃねえか!」

しばらく抱きしめ合っていたが、俺は自分が何をしているのかに気づき、急に恥ずかしくなって離れた。自分から裸で抱きついてきたのに、ヴェロニカもなぜか顔を真っ赤に染めている。

とりあえず何か着る物をと思い、俺はシャツを脱いだ。しかし脱いでみて、初めてそれが血塗《まみ》れだと気づいた。ヴェロニカはわかっていたようだが、俺を見てニッコリと笑みを浮かべる。

「あっ、私は別にいいよ? 血が付いてても、レンの服なら気にならないよっ!」

「いや……俺は気になるから、それはさすがに。何というか、ポリシーに反する気がする」

そう言ってシャツを渡すのを躊躇《ためら》っていると、細長い水色の何かに、服を掠《かす》め取られた。

「なぁっ!?」

「あはは、驚いたでしょ！　私の【触手】スキルだよっ！」

ヴェロニカの右腕が、肩のところから三本の水色の触手になっていて、その一本がウネウネと動きながらシャツを掴《つか》んでいた。驚く俺を嬉しそうな表情で眺めるヴェロニカ。やがて三本の触手は、ニュルニュルとお互いに絡み付いて、人間の右腕に戻った。ヴェロニカは右手に持ったシャツを頭から被り、もぞもぞしたあと、「ぷはぁ」と顔を出した。

「例外があって、初めてポリシーが意味を持つんだよっ！」

例外があって初めてルールが意味を持つっていう話なら聞いたことあるが……まあ、可愛いからいいか！　血塗れの服を着ている子供たちなんて傍《はた》から見れば異様だろうが、そんなこと気にしない、気にしない。

「そうそう、私、進化したっぽいんだよね！　なんか魔力が増えて、身体能力も上がってる気がするもんっ」

そう言われてステータスを見てみると、「ぴろぴろりーん」という力が抜ける効果音と共に『多数の更新があります。確認してください』と脳内にメッセージが流れた。とりあえずログを確認する。

「……どれどれ」

『――【暗黒魔法】【混沌魔法】【煉獄魔法】がいずれも最大値の5に達しました。よって新スキル

【次元魔法】が解禁されます。使用可能になった魔法を確認してください』

『――【初級拳闘術】がLv４になりました』

『――ヴェロニカが進化しました。ヴェロニカの種族がスライムから腐食スライムへ特殊進化し、特殊スキル〈スライム〉が〈腐食スライム〉へ進化しました。また、【初級水魔法】【初級回復魔法】が最大レベルに達し、〈極限突破〉の効果により【初級水魔法】が【中級水魔法】、【初級回復魔法】が【中級回復魔法】へ、特殊スキル〈回復者〉が〈回復師〉へ、それぞれ進化しました』

『――ヴェロニカの特殊スキル〈腐食スライム〉によって一般スキル【腐食】【強酸】が追加され、〈極限突破〉の効果により【触手】が【触手変形】、【物理ダメージ20％カット】が【物理ダメージ40％カット】へ進化しました』

『――隷属状態下にある魔物の進化を確認しましたので、【テイム】スキルがレベルアップしました』

ヴェロニカ
冒険者ランク：なし
ATK：　687
DEF：　286
SPD：1576
MP　：2486
LUK：　595
特徴：
腐食スライム（Cランク・人型）。スライムの特殊進化系。強酸による腐食でどんなものでも溶かして食らう。「人型」のスライムについては、詳細不明。

やはり、進化だったか。進化以外で、これだけの肉体的変化はありえないからな。だがどういう条件で進化したのだろう。それに、「詳細不明」とはどういうことなのだろうか。もしかしてヴェロニカが、腐食スライム初の「人型」なのかな。……いや、そんなことよりも、まずはヴェロニカの進化を素直に喜ぼうじゃないか。

「ほうほう……つまり、ヴェロニカは進化したから、こんな美少女になったと」

「そういうことかなー？　それにしても……び、美少女……え、えへへ」

そう言ってヴェロニカは顔を赤らめ、両手を頬に当てた。ニヤニヤしているが、もちろん気持ち悪いなんてことはなく、微笑ましく可愛らしい笑みだ。

「そうだ……ヴェロニカ、もし嫌じゃなかったら、ヴェルって呼んでもいいかな？」

「……え？　も、もちろん！　むしろ、喜んでっ」

ヴェルは嬉しくなったのか、ずいずいと俺に近づいてきた。

限りなく近づいたヴェルの顔。キラキラと、月光を受けて輝く瞳に、つい見とれてしまう。

「……レン？　どしたの？」

……怪訝《けげん》そうに俺を見るヴェルに、俺ははっと我に返った。

「いや、何でもないよ、ヴェル」

その顔は反則だろう。精神年齢十八歳プラス七歳の童貞男に、ヴェルのその笑顔は眩《まぶ》しすぎた。

完璧な容姿を持つ母様をずっと見ていたから美人には一定の耐性ができたと思っていたのだが、ヴェルの俺に対する混じりっけのない好意に満ちた表情には参ってしまった。

「……うんっ！」

そう言ってはしゃぐヴェル。その極上の笑顔にまた見とれてしまったけど、いいよね？　この子むっちゃ可愛いんだよ！　というか、自分が美少女だと自覚していないみたいだ。無防備な表情をしてくるので、ドキンとせずにはいられない。……慣れる必要があるな。慣れたくない気持ちもあるけど。この「ドキン」は、簡単に言えば甘酸っぱいのだ。青春の味みたいなやつだな。

しかし甘酸っぱさに浸ってばかりもいられない。気になることもあるし。

……新しいスキルだ。色々と追加されたみたいだが、さてどんなものがあるのだろう？　俺は追加されたスキルを確認していくことにした。そして……。

「【次元魔法】って、アイテムボックスのことか！」

そう、【次元魔法Lv1】は、アイテムボックスが使えるようになるスキルだと判明したのである。

「これで一気にＲＰＧっぽくなったなあ……。まあ、さすがにこの世界をゲームとまったく一緒だと考えたりはしないけど」

俺は異世界トリップした人が、異世界をゲーム世界と勘違いし、その結果身を滅ぼしたという話を知っている。その人は異世界トリップモノ小説の、冴えない悪役キャラだったが。

「それはさておき。ボス狼の死骸が残ってるので素材回収といきましょうかね」

俺はそう言ったものの、解体の方法がわからなかったので、とりあえずアイテムボックスに丸ごと突っ込むことにした。胴体を持ち上げて、獣の血の臭いに鼻を曲げながらアイテムボックスに入れる。

「あとは首か……あれ？　首どこいった？」

「首なら……食べちゃったよ？」

「食べたあ!?」

こともなげに言ったヴェルに、俺は目を見張ってしまった。ボス狼のあの大きな頭が、ヴェルのこの小さなお腹に入るのか……？

俺はヴェルのお腹を見た。

「……ちょっと恥ずかしいけど、見る？」

俺が頷くとヴェルは恥ずかしそうにシャツを捲《まく》り上げた。綺麗な臍《へそ》だなあとか、スマートなくびれだなあとか考える余裕もなく、俺はただ、目の前の光景に釘づけになった。

コポポ……という音と共にヴェルの白いお腹からにゅっと出てきたのは、半分消化されてただれた骨肉が丸見えの、ボス狼の頭蓋《ずがい》だった。

「……」

俺が何も言えずに黙っていると、ヴェルは「あっ、しまった」という顔をして、慌ててボス狼の頭を手で体内に押し込んだ。バタバタと腕を振り、「違うの!!　こういうスプラッターな光景を普通の人は見慣れてないってこと、忘れてたの!!」と懸命に誤魔化そうとする。

おそらくスライムはこうやって食べ物を消化するのだろう。ヴェルがスライムの時は俺の魔力を少しずつ与えていたから、スライムの食事がどういうものなのか、俺は知らなかった。

ヴェルはまだ慌てている。だが、ヴェルは一つだけ勘違いしている。

俺は別にこういう、スプラッターなものが苦手というわけではない。ただ単に感動しているだけなのだ。

ただの人間に進化したのではなく、ちゃんと「魔物っ娘」になっているということに、俺はなぜか心を打たれてしまったんだ。

だってさ、小説だと、魔物がただ人間形態になってハイ終わり、っていうのが多い気がするんだよね。もっと、魔物っ娘としての魅力を生かせよ！　って思う。例えば獣っ娘でも、語尾に「ワンニャン」が付くだけのキャラクターとか、アレほんとひどいと思うんだ。

……はっ、夢中になって脳内で持論を語っていたから、まだうーうー唸っているヴェルのことをすっかり忘れていた。

「ヴェル、大丈夫だよ!!　ってかむしろ、そういうのがベストだから!!」

嬉しいことがあるとついつい会話のテンションが上がるのは俺の悪い癖だ。脳内での独り言では落ち着いているつもりなんだが。

「そういや、俺の体がたまたまヴェルの体内に入って、溶かされるって危険はないの？」

「ないけどーっ……私のこと、信頼してないの？」

「いや！　信頼してないわけないだろ！　ちょっと気になっただけだよ！」

頬を膨らませてむくれるヴェルに、慌ててそうフォローした。

「むぅ……まあ別にいいんだけどー。えーとね、もともと私たちスライムは、特殊スキル〈吸収〉で体内に取り込んだものをゆっくり消化するんだけど、それは各自の意思に従って為《な》されるんだよね。……意思というよりは、潜在意識かな？　つまり自分が食べ物だと認識してないものは、取り込んでもずっと残るんだよ！」

「へえ、そうなのか……。じゃあもし、寝ぼけてたりして、食べ物だと勘違いしたら？」

「だから潜在意識って言ったでしょ？　これは食べ物だ、あれは食べ物じゃない、って無意識に理解してるんだよっ。どうしてそうなるのか、自分でもわかんないんだけどー」

「ふうん……じゃあさ、腕をヴェルのお腹に入れてみてもいい？　なんだか無性に気になるんだよ」

お腹に入れる時ひんやりするのかな……と気になって訊ねてみたら、ヴェルは顔を真っ赤っかにして、責めるようなジト目を向けてきた。

「そ、そんな恥ずかしいこと、オトメに聞いちゃだめだよっ！　めっ！　だよ！　……でも、いつかはしてあげたいな……えへへ」

最後のほうは独り言のようでよく聞き取れなかったが、もう一度聞くのはやめたほうがいいと俺のシックスセンスが教えてくれた気がしたので、それに従った。

それにしても「恥ずかしいこと」か。俺の腕をヴェルの体内に入れてみる、つまり一時的ではあるが俺の腕とヴェルのお腹が直接触れ合うわけで、そういうのが恥ずかしいってことなのか？　それとも、別の何かが恥ずかしいのだろうか。

「とりあえずだ！　俺はその【吸収】とかについてはまったく気にしないし、むしろどんどん見てみたいからな！」

「……はうぅ」

恥ずかしがっているヴェルも、また可愛いなぁ。

そのあと、新しく手に入れた能力を色々試してみたが、一番驚いたのは、ヴェルの能力が遥かに上がっているということだった。

「レンが死んじゃう！　何とかしてレンを助けたい！　って思った時にね、すごい力が湧いてきて、同時に、自分が何をすればいいのかも理解できたの。そして、私は自分の触手でその狼の首を……。そして気づいたの。私がいつのまにか、この姿になってるって」

ヴェルは笑ってそう言った。だが、特殊進化を遂げ、昨日までの自分を遥かに超える能力を手に入れたことに戸惑いを覚えているようだ。

それに、自分の力の凄さに恐怖を感じてもいるらしい。その力のせいで、もしかしたら俺に距離を置かれてしまうかもしれないと思っているような節もあった。

……ったく、そんなことするわけないじゃないか。

ヴェルは自分自身の魅力をわかっていないんだ。

容姿の話ではない。ヴェルの存在そのものの魅力だ。

「……ヴェル、ありがとな。ヴェルがいなかったら、俺、死んでたよ。俺が今こうして生きていられるのは、ヴェルが特殊進化したからなんだよ。だからヴェル、もっと自分を誇れよ」

ヴェルはびっくりした顔になって、「うん……」と再び目尻に涙を浮かべて頷いた。自分の心情を俺が察したことに驚いたのだろう。

俺はヴェルをあやすようにそっと胸を貸した。

しばらくして、ヴェルは顔を上げ、涙を拭って幸せそうに笑った。

「もう大丈夫！　ヴェル復活だよ！」

「ああ、それでこそヴェルだ。ヴェルには笑顔でいてもらわなくっちゃな」

普通のスライムだった頃から、ヴェルは他のスライムと比べて活発だった。今のヴェルの口調や、表情を見ていると、その活発さは彼女自身の性格によるものだったのだと気づいた。

そして――特殊進化。照れる話だけど、ヴェルの、俺を助けたいという想いが、ヴェルを進化させたのだと思う。その想いに俺の〈テイムマスター〉の能力が刺激され、そしてヴェルに作用して、スライムから腐食スライムへの進化を遂げたのだ。きっとヴェルは、あの見た目からは想像もできないほどの力を秘めているはずだ。

そう、まるで、転生モノの小説に出てくるような――。

俺はどうしてもこらえきれず、一人で大笑いし、そのまま倒れて仰向けになった。ヴェルは最初俺の様子にびっくりしていたけど、こっちにおいでよと誘うと、俺の隣に寝そべって仰向けになった。

なんか、いい。

幸福感と満足感に満たされていく。

竜や吸血鬼みたいな、英雄譚《たん》に出てくるようなモンスターじゃなかったけど、それでもあのボス狼は、今の俺には強すぎた。

今まで倒してきたスライムより、遥かに強い敵。

それを相手にして、死にそうになって、でも自分はこうして生き延びることができた。そして何より、ヴェル——ヴェロニカの存在が俺には嬉しかった。

ただ単に可愛いからじゃない。嬉しかったのは、俺のことをこんなに強く想ってくれる人がいたってことだ。

夜空に浮かぶ銀色の満月と、その月を見上げるヴェルを交互に眺めて、これが本当の、自分の冒険の始まりなんだと、理由《わけ》もなく感じた。

改めてヴェルを横目で、それでもじっくりと眺めてみる。

空色に輝く髪、キラキラと光る大きな真ん丸の瞳、白い肌。桜色を帯びた頬。綺麗な鎖骨と控えめな胸。ぶかぶかで、血塗れのシャツを纏っているのに、ヴェルの魅力は少しも損なわれていない。……むしろ、白い肌と対照的な真っ赤な血が、その肌の美しさを際立せていた。

こんな子が隣で寝ているなんて、前世の俺では考えられなかった。無性に嬉しくなって、無意識に俺はヴェルの頭を撫でていた。

「？　どうしたの、レン？」

「ん……いや、なんとなく嬉しくなった」

「んー、ふふ、そっかー。じゃあ、私も！」

そう言って俺たちはしばらくの間、互いの頭を撫で合っていた。

真夜中ということを抜きにすれば、七歳ぐらいの男女がじゃれ合っている普通の光景なんだろうけど、その時の俺たちの気持ちは、七歳児のそれを超えていたんだ。

†

ヴェルの回復魔法によって俺の傷は完治したので、俺たちは村へ戻ることにした。

正直、今回は親にバレると思う。そして、事情を知らない父様やデボラから雷が落とされると覚悟もしている。肩や背中の傷はなくなったものの、ズボンがボロボロでおまけに血塗れで、何よりヴェルと一緒なのだから。

ヴェルはやろうとすればスライムの姿になれるらしい。だがそれでも、今までの何倍もの大きさになってしまうとのことだ。結局どちらにしても目立ってしまうだろうから、人間の姿となったヴェルを家族に紹介することに決めたのだ。

無論ヴェルがスライムだということは言わない。

魔物が進化して人の姿になった、それはつまり特殊進化を辿ったということだ。もし通常の進化であれば、能力、大きさ、獰猛《どうもう》さが跳ね上がった〈ホブスライム〉になるはずであって、どう間違っても人の姿にはならない。他に人の姿をとるようになった特殊進化の例は聞いたことがないから、つまりヴェルは、特殊進化の中でも特に珍しい進化を遂げたんじゃないだろうか。

あれこれ考えているうちに、いつのまにか俺とヴェルは涸れ井戸のトンネルを通って、自宅の前、俺の部屋からぶら下がっているロープの前まで来てしまった。

「あ」

よく考えたら、服に付いた血はなんとか誤魔化せるかもしれない。ヴェルにそう告げると、合点がいったようで、むむん……と魔法を唱え始めた。

じょぼじょぼじょぼ……。

ヴェルの水魔法によって生じた水が、静かに血を洗い流してくれた。俺はさっきまで、自分の魔法のことしか考えていなくて、ヴェルの魔法を完全に失念していた。

もし綿とかがあればスキル【王級工房】で服を作れるかもしれない……だが生憎《あいにく》、森には綿花は自生していないし、村でも綿花を育てている家はない。

俺は服を作るのは諦め、血が洗い流されて破れただけになったズボンをアイテムボックスに収納し、ロープを伝って自分の部屋に戻るのであった。ヴェルは……脱いだら完全に裸になってしまうから、破れたままのシャツで我慢してもらった。

というよりは、本人が脱ぎたがらなかったのだが。

破れていてもこの服がいいってさ。照れるね、これは。

†

結局、狼の件はすぐにバレた。自室に戻ったら、デボラが真っ青な顔で俺のベッドの傍《かたわ》らにポツンと立っていた。窓から侵入する俺に気づいたデボラは、みるみる生気を取り戻し、止める間もなく父様を呼びに部屋を飛び出していってしまった。

しばらくしてやってきた父様からは、もちろん怒りの拳骨《げんこつ》を食らった。元冒険者とあって、くっそ痛え。ちなみに母様は、父様に俺より怒られていた。

まあ俺に森へ行くよう扇動《せんどう》したのは母様だから、しょうがないんだろうけど。

ヴェルのことも当然聞かれた。ヴェルのことをどう説明するかは、自室で朝までに考えればいいと思っていたから、準備ができておらず言葉に詰《つ》まった。

するとヴェルが、「私が……森で狼に襲われてて、もうダメだっ、死んじゃうって思った時に、レンが助けてくれたんだよ、ねっ？」と、自然な口調で言った。

実際は襲われていたのは俺で、助けたのはヴェルだ。情けないやら恥ずかしいやら……だけど俺はヴェルの演技に乗っかった。

「レン、狼と遭遇したのかっ⁉」って鬼のような形相で父様に聞かれたが、ここで頷いたら再び拳骨が飛んでくるだろうし、もっと心配させてしまうだろうと思い、否定した。俺が倒れているヴェルを見つけた時には、辺りに狼の姿はなかった、ということにしておいたのだ。

「ふむ……実はこの辺りで狼の大規模な討伐があったのだ。ほとんどの狼は仕留めたんだが、三頭ほど逃がしてね、そのうちの一頭だろう。なぜ、彼女を諦めたのかは不明だが……森にはまだ討伐隊が何名か残っていたから、その気配を察知して逃げたのかもしれん」

ここで、父様はむっつりした顔を緩めて、ふぅとため息をついた。

「まあ、なんだ……お前とその子が無事でよかったよ。それに命を助けることは、何より大切だ」

聞けば昨晩、ファングウルフの群れがロイム村に接近中だとハーガニーから警告があったらしい。そして臨時警戒に当たろうとして、父様が家族にそう伝えに回った時、俺の姿がないことに気づいたのだそうだ。その時の母様の様子が変で、顔色が悪く、体を震わせていたので問いただしたら、俺が森にいると白状したらしい。焦った父様が急いで森に向かおうとしたちょうどその時、デボラが俺の帰還を父様に報告した、というわけだ。

「で、レン。お前は夜な夜な、森に行っていたらしいな？」

やべ、また怒りモード？　ここはさっさと謝っとくべきだな。実際、こうして危ない目に遭ったんだし。

「父様、申し訳ありません。父様の言いつけに背《そむ》いて、森に行ってました」

「ああいや、俺は別に、怒っているわけじゃないぞ」

「……え？」

「どうして、魔法のことを黙ってた？」

ああ……そっちか。それも母様が白状したんだろうな。父様を心配させないためにも、俺が魔法を使えるってことを言う必要があったはずだ。

「……兄様は今どうしていますか？」

「アルフォンソか？　あいつは俺の代行で、村議会に出ているはずだ。なに、まだ十一歳だが、狼の討伐には成功したのだから、出席するだけでいい。そろそろあいつも、政《まつりごと》の勉強を始めないといけないからな」

「……なら言います。兄様は魔法が使えず、僕が魔法が使える状況では、また面倒が起きそうなので黙っていました。僕は、兄弟間の争いといいますか……あまり兄様との関係を悪くしたくないのです」

前世では一人っ子だった俺は、多少性格が捻《ひね》くれていてもアルフォンソは初めての兄なのだから、仲良くしたいという思いがあった。

アルフォンソのほうは、俺を疎《うと》んじている節があるのだが。

黒髪黒目のアルフォンソと違い、俺の容姿は両親によく似ていると言われる。

美形の部類に余裕で入る父様と母様の遺伝子を強く受け継いでいるのか、俺も整った顔をしている。【甘いマスク】の効果もあるだろう。とにかく俺は兄様よりも、顔で得している感がある。そこに魔法という差まで加わったら――。

「……レンデリックよ。お前はこの家を継ぐ気はないのだろう？　であれば、お前が魔法を使えると知っても、アルフォンソは気にしないと思うのだがな」

「……そうでしょうか」

父様を信用しないわけではないけど、アルフォンソは、父様が思っている以上に負けず嫌いというか、手強《てごわ》い気がする。魔法のことも、言わないほうがいい気がするのだ。

†

翌日。

昨夜のゴタゴタもあって、いつもより遅い朝食の時間。

「おい、レン」

俺がリビングに行くと、先にテーブルについて待っていたアルフォンソから声がかかった。ああ、これはまたいつもの……と思いきや。

「夕べは大丈夫だったか？　怪我はないか？」

は？

いや、気遣ってくれている相手に「は？」は失礼なんだけど。普段の兄様なら、「一家のルールも守れない奴は勘当だ！」とか言ってきそうなものなんだが。何か裏があるのか……？　考えすぎかもしれないが。

「おはようございます、兄様。怪我はありませんでした」

「そうか……」

そう言って、兄様は考え込んだ。何なのだろうか。よくわからないが、兄様も、もしかしたら昨日の狼の件で精神的に成長したのかもしれない。

「兄様、昨晩はご心配かけて申し訳ありません」

「ああ、いや。問題ない」

今回の件は俺が悪いので、何か言われる前に、こちらから謝っておこう。ほんとに、皆には心配をかけた。後日改めて、きちんとお詫びしないとなあ。

家族全員とデボラが揃うのを待って、俺はリビングの入り口のところに佇《たたず》んでいるヴェルを呼んだ。

トトト……と、ヴェルが俺の傍《そば》まで来たのを確認すると、父様がおもむろに口を開いた。

「さて、皆、昨日はご苦労だった。特に、俺の代わりに村議会に出席してくれたアルフォンソ。村議会ではなかなか堂々と発言したと聞いたぞ？　これからはお前に任せられそうだな」

見とれたようにヴェルを見つめていた兄様は、父様にそう言われて我に返った。

「は、はいっ！　ありがとうございます！　これからも日々精進《しょうじん》してまいります」

兄様が言った。

「うむ。レンデリック行方不明の件については……森に出かけていたところ、狼に襲われた少女を発見し、助けた、とのことだ。その少女が、今レンデリックの隣にいるヴェロニカだ。親はおらず、他に身寄りもなく、レンデリックに懐いているため、このたびフォンテーニュ家の養子として迎え入れることとなった。我が家には余っている部屋もないので、レンデリックと同室だ。レンデリックもそれでいいな？　あとで狭いとか文句を言っても、変えられないからな」

「はい。父様、ありがとうございます」

「おじ様、ありがとーございますっ！」

ヴェルの件はこれで解決のはずだ。ヴェルがまだスライムだった頃から俺はヴェロニカと呼んでいたから、勘の鋭い母様は彼女がスライムであることに気づいているかもしれない。だが母様の顔を見ると、何も知らないとばかりに微笑んでいるだけだ。昨晩父様にこってり絞られたはずなのにここまで機嫌がいいのは、一体どういうわけだろうか。

「ヴェルちゃん、これからよろしくね。私、ずっと娘が欲しかったのよ！　うちに来てくれてありがとねぇ」

なるほど。娘が欲しかったのかあ。確かにアルフォンソ、俺、ミケーレと男だけだからな。母としてはやっぱり娘も欲しかったのだろう。

「私も、お母さんができて嬉しい！　よろしくね、お母さんっ!!　おじ様もお父さんと呼んでいい？」

ヴェルのまっすぐな瞳に、父様はどことなく決まり悪そうに頷いた。

「いやーん、もうヴェルちゃん、とっても可愛い～！　もう、ほっぺたにスリスリしちゃうんだから！」

母様が興奮して言う。

「……ゴホン」

父様がわざとらしく咳払いをすると、母様は我に返り、皆の表情を窺うように辺りを見回して、恥ずかしそうにちぢこまった。

「……ごめんなさい、パブロ」

「エレーネ、そういうのは朝食が済んでから、な。ヴェロニカもそこに立ってないで、レンデリックの隣に座ってくれ」

「はーいっ」

こうして、俺とミケーレの席の間に、椅子が一つ増えた。

「では。与えられた天地の恵みに感謝いたします。いただきます」

「「「「いただきます」」」」

我がフォンテーニュ家では、朝昼晩の食事の前に、こういった儀式みたいな挨拶をするのだ。

「ところで、ヴェルちゃんは何歳なの？」

朝食の途中だが、ふと、母様が思い出したようにヴェルに聞いた。俺も気にしていなかったから、ヴェルの年齢は知らない。今の人間としての姿は昨日からだが、スライムとして生を受けてから、どれくらい経っているのだろうか。

「……うーんと、何歳だったっけ……」

ヴェルはしばらく考えていたが、俺の方へ振り向き、俺にしか聞こえない小さな声で「どうしよう……」と呟いた。おそらく、スライムとして過ごした歳月を含めても、とうてい今の見た目の、七歳くらいの年齢にはならないのだろう。スライムの弱さを考えると、七年も生きていないに違いない。

「たぶん、僕と同じ、七歳くらいだと思うよ」

俺はそうフォローした。俺の突然のフォローに驚いたのか、ヴェルは慌てて頷く。

「う、うん！　たぶん、そのくらいっ！」

自分の実年齢を知らない子供は、通常であれば、スラム育ちだったり、複雑な事情を抱えた子供であることが多い。母様はそれ以上詮索《せんさく》しようとはせず、ヴェルは七歳ということで納得した。ちょっと気まずくなった雰囲気を察してだろう、母様は楽しい話題に変えてくれて、ヴェルも安心したのか、母様と楽しそうに談笑していた。

朝食が済んでも、ヴェルと母様の会話は終わらなかった。養子とはいえ初めての娘に、母様のテンションが上がってしまい、あれこれ話しかけてしまうようだ。

楽しそうに話す二人を見て、母様に対する嫉妬《しっと》とかそういうのはまったくなくて、明るく笑うヴェルを見てやっぱり人の姿で紹介してよかった、と心から思うのだ。家族にヴェルが魔物っ娘だと正直に言っていないことに少し罪悪感はあるが、もし正体が判明したら、ヴェルはこの家にいられなくなるかもしれない。

だから俺はこのことを、ヴェルと俺だけの秘密にすると決めた。

母様とヴェルが和気藹々《あいあい》と話しているのをのほほんと眺めていた俺は、アルフォンソがヴェルをずっと見つめていることにはまったく気がつかなかった。

STATUS

名前：レンデリック・ラ・フォンテーニュ

年齢：７歳

職業：なし

種族：人間

特殊スキル：〈テイムマスター〉〈創造王〉〈体術王〉〈極限突破〉〈王の系譜〉〈冥界の加護〉〈男は拳で語る〉〈牡のフェロモン〉〈絶倫〉

一般スキル：【テイムLv２】【鍛冶】【錬金】【調合】【建築】【王級工房】【鑑定】【指揮】【暗黒魔法Lv５】【暗闇可視化】【混沌魔法Lv５】【煉獄魔法Lv５】【次元魔法Lv１】【初級拳闘術Lv４】【甘いマスク】【精力回復】

STATUS

名前：ヴェロニカ

年齢：外見７歳

職業：なし

種族：？？？？（腐食スライム）

特殊スキル：〈腐食スライムLv１〉〈回復師〉

一般スキル：【中級水魔法Lv１】【中級回復魔法Lv１】【柔軟】【触手変形】【腐食】【強酸】【吸収】【物理ダメージ40％カット】

装飾品：花冠

第三章　旅立ちの日まで

ヴェルが家族の一員となって、四年が経った。

俺は十一歳、弟のミケーレは七歳だ。俺はもう森へ出る許可を正式に得ていて、自由に行くことができる。

父様が鍛えてくれたお蔭で、俺は十歳の時に【初級拳闘術】が【中級拳闘術】にレベルアップした。スキルをフル活用すると、肉体の動きが最適化されるので、稽古がどうにも楽しくてたまらない。

それでも、弓のほうはてんで上達が見込めなかった。スキルによる弓のステータス上昇補正がない以上、遠距離攻撃に弓を使用するのは諦めざるを得なかった。代わりに魔法による遠距離攻撃の精度を高めていく訓練が、母様の指導のもと行われた。【暗黒魔法Lv3】の【暗黒の弓】、【煉獄魔法Lv4】の【煉獄の矢】を中心に、どんな局面でも少なくとも敵を威嚇できるように練習した。

そしてこの四年で、俺は母様から認められるほど魔法の精度が向上した。

能力値もかなり上昇してきて、数字の上では村の平均的な大人といい勝負ができるほどだ。それでも父様には遠く及ばないのだが。現在の、俺のステータスはこんな感じ。

レンデリック・ラ・
フォンテーニュ
冒険者ランク：なし
ATK： 867
DEF： 726
SPD： 1126
MP ： 4891
LUK： 9999

ちなみに、ミケーレは父様と同じ、剣術を選んだ。七歳とは思えない身のこなしは、さすが父様の息子だと思わせる、優雅でしっかりした動きだった。

「……ミケーレはもしかしたら……全盛期の俺を超えるかもしれない」

父様のその呟きは親馬鹿でも何でもなく、ミケーレは本当にそれだけのポテンシャルを秘めているようだった。

ミケーレは父様と同じ茶髪茶目であるものの、その顔立ちはまさしく「ハーガニーの聖乙女」と謳われた若き日の母様を彷彿《ほうふつ》させるのだと、当時から母様を知っているデボラが言っていた。華麗な剣技と母様譲りのその顔で、四年前の俺のように、ミケーレは多くの女性のハートを撃ち抜いていた。

ぐぬぬ……やるな、ミケーレめ。

◆アルフォンソ視点◆

俺は十五歳になり、晴れて成人した。

この国では、子供は十五歳で成人し、結婚が認められ、酒場や娼館《しょうかん》への出入りも許可される。そして俺はこれまでの政の実績が十分だったため、父様から領主の座を受け継いだ。

「アルフォンソよ、領主の仕事はどうだ？」

俺はかつて父様の使っていた執務室を与えられていた。そこで机の上の書類を一枚ずつ念入りに読み、判を捺《お》しているところに、父様が入ってきたのだ。

俺が完全に自分で判断できるようになるまでは父様にも相談役として、引き続き政務に参加してもらっていた。

「ええ、今のところは順調です。……ところで父様、その書類は？」

「ああ、これか……。河港都市ハーガニーの領主から、アルフォンソ、お前に結婚話がきている」

父様はその書類を机にパサッと置き、対面の椅子に腰を下ろした。

「アルフォンソ、喜べ。相手は貴族、それもハーガニー領主の御令嬢だぞ」

俺は書類を手に取り、隅々まで眺めた。大きなため息が一つ漏れる。

「ハーガニー家の四女……アトリアですか」

「おいおい、不満か？　こんな村の領主の妻にハーガニー家の四女が来てくれるなんて、かなり光栄なことだぞ？　長女のアガサ殿はコーデポート領主に、次女、三女も他の都市の領主に娶《めと》られるはずだから、四女とはいえこんな辺境ロイムを嫁ぎ先に選んでもらえるってのは誇らしいことだと思うんだがな」

ハーガニー家には五人の娘と一人の息子がおり、家を継ぐのは長男と決まっているため、娘たちは政略結婚で別の貴族や領主の妻になるらしい。

「ハーガニー家には、俺が冒険者時代に色々お世話になったからな。まあそれを抜きにしても、いい縁談だと思うぞ？　これで俺のハーガニーでの実績とは関係なく、ロイム村とハーガニーの繋がりができる」

ま、ゆっくり考えな、と言って、父様は俺の肩をポンと叩き部屋から出ていった。

冒険者として名を馳《は》せていた頃、父様はハーガニーの冒険者ギルドに所属する数少ないAランクだったため、ハーガニー領主と面識があった。今回、由緒あるハーガニー家の娘から結婚の申し込みがあったのはそのお蔭だと、もちろん俺だってわかっている。

「だがっ……この俺に相応《ふさわ》しいのは、四女とかじゃないんだっ……！　どうして父様は、貴族の四女程度が俺と釣り合ってるなどと……っ」

自分はそんなレベルの男ではない。現在治めているのは確かに辺境の地だが、こんなところで満足するような器ではないのだ。もっと広い世界へ羽ばたく力を持っているのに。そんな考えがいつまでも頭の中を巡った。

父様はゆっくり考えろと言っていたが、ハーガニー家のほうが格上のため、こちらに拒否権はないだろう。領主である俺とハーガニー家の四女では、社会的立場はわずかに俺のほうが上だ。だが家格では明らかにこちらが劣る。

「くそがっ……どいつもこいつも俺をコケにしやがる……っ！」

自分の真の能力を知れば、ハーガニー家の四女のような女ではなく、もっと地位の高い女を娶れるはずなのに。正直父様には失望した。ハーガニー家なら、なぜ長女のアガサではないのだ？　父様は「ハーガニーの守護者」と呼ばれるほど市民からも領主からも信頼されていたのではなかったのか？　父様の実力は、所詮《しょせん》その程度だったのか？

「ふざけるな……っ」

成人してからたびたび突きつけられる現実には怒りが湧く。俺の苦労も知らずにヴェロニカと遊んでばかりのレンデリックと、そんなレンデリックに憧れているミケーレにも腹が立つ。

落ち着け。領主の座はもう自分の物になった。冒険者になりたがっているレンデリックはもちろん、剣を振っているだけのミケーレもまだ七歳なのだ。俺の地位は揺るがない。

ならば、焦らずじっくりと政務に集中し、実績を重ねて自らの立場を大きくすればいい。俺はそう結論を下した。

†

この四年間、俺もヴェルも何事もなく楽しく過ごしてきた。

だが、ヴェルの体は、腐食スライムに進化した四年前のあの時から、まったくといっていいほど成長しなかった。

四年前はほぼ同じだった俺とヴェルの身長も、年を追うごとに差が開いていった。今、俺がおよそ百五十センチメテルなのに対し、ヴェルは百十五センチメテルほどで、もはや兄妹にしか見えない。

たとえば千年の命を持つエルフのような種族なら、三年ぐらいではほとんど成長しない。ヴェルももしかしたら似たようなものかもしれない、という考えは俺の中にもあった。けれど、その長い耳のために耳長族とも呼ばれるエルフとは違い、ヴェルは人間と同じ耳を持ち、長命だと言われる他の種族の特徴を何一つ持っていない。

だが俺が十一歳になってしばらく経った頃、変化が訪れる。

俺とヴェルはスライムではレベルアップしない領域に達していたが、その日は「間引き」という名目で暇潰しに森へスライム狩りに出かけた。

俺たちは狩りに出かけた時にはお土産として木の実やキノコ類を持ち帰るのだが、食用に動物を狩ることはなかった。そういうのは専門の人たちが行い、彼らのおかげで村の小さな市場には毎日新鮮な肉が並んでいる。俺は苦手な血抜きや解体をせずに【次元魔法】のアイテムボックスにぶっ込んで持ち帰ろうとしたこともあったが、アイテムボックスの中でも時間は経過して品質が損なわれてしまうため、動物狩りは諦めたのだった。

だけど。

森の茂みから現れたのが動物ではなく魔物なら、話は別。しかもその魔物は、猪に似た「タスクボア」であった。おそらくこのタスクボアは、山の方で縄張り争いに負けてここまで下ってきたのだろう。

魔物は討伐が優先される。無論、討伐せずに逃げてもいいが、村へ報告することが義務づけられている。

「ヴェル」

「うんっ！」

俺は【鑑定】を使った。

タスクボア
魔物ランク：E
ATK：1008
DEF：425
SPD：1137
MP：0
LUK：369
特徴：
巨体から繰り出される突進は強力。雑食だが、狙った獲物は執拗に追い回す。

こういう相手に備えて、俺とヴェルは以前から作戦を立てていた。いつかの狼の教訓から考えた作戦を実行に移す時がきたのだ。

「――生も死も創造も破壊もまだなき無の淵よ、その混沌は敵を覆う闇とならん――無我の暗闇!!」

【混沌魔法Lv２】の、敵の視界を奪う魔法である。これにより、一瞬で視界が真っ暗になったタスクボアはむやみやたらに暴れ回るも、その巨大な牙は空を切るばかりである。

その間にぐにゃりと液状化し、三本の切っ先の鋭い水色の触手へと変化したヴェルの右腕が、何の躊躇いもなくタスクボアの首を切り落とした。

「よしっ、作戦どおりだな。ヴェル、これ、いるか？」

「いるっ！」

切断されたタスクボアの頭を放り投げたが、ヴェルは手で受け止めようとはしなかった。頭はヴェルの素肌に触れると、そのまま体内に吸収されていった。

腐食スライムへと特殊進化したことで得た【強酸】が、素肌に触れた部分を一瞬で溶かし、消化していく。そして、残った骨を【腐食】によって体内で少しずつ溶かしていくのだ。

ヴェルの見た目は人間そのものであるが、「消化」の時だけは、ヴェルの肌と体内はスライムのそれに戻る。

ヴェルは体中がいわば巨大な胃袋であって、人の姿をとる時は一応、胃、腸、骨や筋肉が形作られるのだが、それらは必ずしも人間と同じ機能を持っているわけではない。

「ヴェルにとっては、あの狼以来……四年ぶりの大物だなあ」

「……今まで、木の実や鹿肉が多かったから、とっても嬉しいな」

コポポ……と泡の弾ける音と共に体内に吸収されていくタスクボアの頭を見ながら、ヴェルは満足そうに笑った。

その瞬間。

「あれ……？　……なんか体がっ……重いっ……」

その言葉を合図に、ヴェルの体が少しずつその形を変えていった。

徐々に、背が高くなり、空色の髪が伸び、まな板だった胸が少し膨らみ、全体的に肉付きがよくなった。見た目は九歳前後か。待ち望んでいた成長だったが、それでも突然のヴェルの変化に、俺たちは混乱するばかりだった。

「え……成長した？」

ポツリと呟いたヴェルの声には、喜びよりも、自分の体の異様さに対する不安が滲《にじ》み出ていたけど。

ヴェルを安心させるかのように、ちょうど、「ぴろぴろりーん」という懐かしい効果音と、脳内メッセージが流れた。

『――ヴェロニカの特殊スキル〈腐食スライム〉が、レベルアップしました』

そのメッセージを読むのと同時に、まだスライムだったヴェルを初めて家に連れて帰った時にした、母との会話を思い出した。

――魔物とは魔力から生まれ、魔力を糧にして生きる生物である。

――魔物は他の魔物や人間など、魔力を持つ生物を屠ることで、その生物の持つ魔力を得て魔核に貯めることができる。

――それによって魔核の持つ魔力最大量が増加し、体内を循環する魔力量が増えることで、筋力や敏捷性が上昇する。

つまりヴェルは魔力を持つ猪の頭を文字どおり食べたことによって、筋力や敏捷性が上昇――言い換えれば成長したということになる。

だがヴェルは今までにも、スライムがたまたま落とした魔核など、魔力を持つものは摂取してきた。体内の魔力量が増えたのは、今回が初めてじゃない。

――今までと違うのは、相手がスライムより遥かに大物だということだ。

つまり。それによって、一気に魔力、わかりやすく言えば経験値みたいなものがどっと増加して、レベルアップに至った、というわけか。

「そういうことだったのか」

今までヴェルが成長しないことを不思議に思っていたのが馬鹿らしくなるほど、その理由は単純明快だった。

その後、ヴェルの急成長は兄様に何度も詮索されたが、父様の「そういうこともあるだろう。気にするな」の一言でお流れになった。さすが元冒険者。経験と実績に裏打ちされた言葉一つ一つに無駄に説得力があるから、ヴェルの件は何でもかんでも父様が言いくるめてくれて、俺はずいぶん助けられている。

と、こんなことがあってから、俺とヴェルは村のルールを破らずに狩れる大物を求めて、森の奥まで入っていくようになった。

そして、何事もなくまた一年が経った。俺のレベルは変わらなかったものの、ヴェルは魔力量の多い魔物を摂取する機会が何度かあったため成長が早く、〈腐食スライム〉のレベルが３になっていた。

†

こうして、十二歳の領主の次男と、見た目十一歳のスライムっ娘という変わったパーティも五年目に突入した頃。

ある日、大物を求めてヴェルと森を散策していたら、石造りの小さな道を見つけた。それをさらに奥、北の方角へ進んでいったのだが……。

「洞窟か……こんなところに洞窟があるなんて知らなかったなあ」

「けど、中から聖気を感じるよ？　変な洞窟だよね」

道は絶壁で終わっていて、少し逸《そ》れたところにポッカリと洞穴が口を開いていた。洞穴はかなり奥まで続いていそうだ。

「それなりに整備されてる道が絶壁で途切れているってことは……地下洞窟の一部が地上に隆起したってところかなあ」

「うーん、確かに最近大きな地震あったよね。それかなっ」

つまり、この洞窟は地上に現れて間もない処女地かもしれないのだ。にわかに冒険心がくすぐられ、無性に興奮してきた。

「よっし、これは誰も足を踏み入れたことのない秘密の洞窟に違いない！　行くぞー！」

「おーっ！」

しかし、現実は時として非情なものだ。

俺たちが意気揚々と足を踏み入れた洞窟は、魔物の一匹すらいないただの一本道であった。聖気がある時点で察しろよ、俺。ワクワクした時間を返せ。

だが、収穫もあった。

祠《ほこら》。

暗くひんやりした一本道の奥に少し広い部屋があり、そこに舞台のようになっている祭壇《さいだん》を見つけて、俺は確信した。

これぞファンタジーの王道だと。

例えば、希望の祠、浅瀬の祠、炎の祠。ＲＰＧで、シナリオ上重要なアイテムの入手やイベントは何かと祠が関係していたりする。または、テレポート地点。地面に青い魔法陣みたいなのが渦巻いていて、踏むと瞬時に別の場所の祠の魔法陣に移動できるゲームもあった。もしくは、祭壇から謎の声が聞こえてきて、進化できたりするゲームとか。

だがこうした祠のある洞窟は、跋扈《ばっこ》する魔物をバッタバッタと薙《な》ぎ倒しながら進んでいく洞窟に比べるとインパクトに欠ける。まあ、ただの一本道で行き止まりよりはちょっとだけテンション上がるけど。

謎の声なんかは聞こえてこないので、ここはとりあえず祭壇の上に乗ってみよう。

祭壇からはとりわけ強い聖気が溢れ出ている。慣れたとはいえ元が魔物であるヴェルはその聖気の濃さに落ち着かないようだ。俺はヴェルの手を優しく握ってやり、「大丈夫だ、何があっても俺が守る」と囁《ささや》いて、祭壇の上へと連れていく。

いや、一度言ってみたかっただけなんだよ、この台詞《せりふ》。こういうことを普段から口にできる天然ジゴロの性質があったら、前世で俺は余裕で彼女できておりまんがな。

祭壇の何らかの仕掛けが発動して俺たちが危険な目に遭う可能性は十分にあったが、俺はどういうわけか安全を確信していた。そして、これが重要なイベントなのだとも。

俺の手を握ったヴェルが祭壇の最上段に上がったその時。

それまで何の反応も見せなかった祭壇が、いきなり眩《まばゆ》い光を放ち、俺たちを包み込んだ。

辺り一面、真っ白な世界。小さな泡が無数に漂っている。俺とヴェルは互いの手をいっそう強く握る。

泡が、ヴェルの方へ集まる。

集まった泡は一つの大きな光の球となり、ヴェルの空色の髪へと移動した。

そして一段と強く輝き、一つの形を成す。

――月の紋章の髪飾り。

気がつくと、俺たちは最初と変わらない様子の祭壇の上に立っていた。

輝きを失った祭壇からは、聖気も感じられない。

ふと見ると、ヴェルの空色の髪に花冠だけでなく、月の模様の入ったキラキラ輝く小さな白い髪飾りがあった。

「月の紋章の髪飾り……」

あの時、不思議な光の空間の中で最後にそう聞こえた気がする。やはり祠イベントでよくある謎の声パティーンだったか……最初ではなく最後に声がするのか、騙《だま》されたな……などとどうでもいいことを考えつつ、この髪飾りはとても重要なものだという予感がしていた。

「ヴェル、その髪飾りは……」

「うん！　私、ずっと着けておくよっ。何か、とても大切なもののような気がする……」

何も言わなくても、ヴェルも俺と同じ気持ちだったようだ。

俺とヴェルが二人仲良く洞窟を出た瞬間、役目を終えたとばかりに洞窟の天井が崩落し、完全に埋もれてしまった。

あまりに突然の出来事に何が起こったのか理解できず、俺たちは顔を見合わせることしかできなかった。

ファンタジーゲームもかくや、とばかりの出来事にしばらく呆然としていたが、はたと思い当たり我に返った。

「今の崩落は……聖気の消滅が原因か？」

「そ、そういえばっ……確かに、帰りはまったく聖気がなかったよね！」

ハッと思い出したように「うんうん！」と頷くヴェルのポニーテールが、動物の尻尾のように撥《は》ねる。

ヴェルもすっかり背が伸びて、百六十センチメテル弱の俺の顎《あご》辺りに頭が来るまでになっていた。

その高さで可愛いポニーテールが元気よく撥ねていると、どうにも触りたくなるというものだ。

でも、ただ触るだけじゃつまらない。

だったら。

「ひゃんっ!?　……ちょっとぉ、くすぐったいから、めっ！　だよぉ」

ポニーテールを掴んで毛先でヴェルの頬を撫でたのだが、そんなにくすぐったかったのか？　涙目になって頬を赤く染めたヴェルを見ていると、なんかこう……。

「ひぃんっ!?」

余計にくすぐりたくなる、というものだ。

「ヴェルは撫でられるの弱いからな……。よしよし、もうやらないよ」

「もぉ～、そんなこと言ってまたくすぐったら、私レンのこと、嫌いになるからね！」

「おおー、怖い怖い」

そうおどけながらも、俺は今度はくすぐらないで頭を撫でてやった。するとヴェルは気持ちよさそうな顔になって、俺に頭を預けてくる。俺の指がヴェルの髪を梳《す》くたびに女の子特有のいい香りがして、俺も前世ではできなかったことを味わえて、満たされた気分になった。

ついさっき起こった崩落をすっかり頭から追い出し、俺はヴェルとの久々のじゃれ合いに興じることにしたのだった。

†

その年の六月。

十七歳になったアルフォンソの結婚式が目前に迫っていた。

相手は今年十五歳になり成人を迎えたばかりの、ハーガニー家四女アトリア。ハーガニーから従者と共に、馬車で三週間かけてやってくる予定だ。

俺もミケーレも歓迎式、結婚式、披露宴の準備に毎日追われていた。

結婚式に出す料理の食材調達のために大人たちと森へ行ったのだが、またもやタスクボアと遭遇した。だが怪我人を一人も出すことなく討伐できた。タスクボアはEランクの魔物であるが、鍛えられた大人たちが華麗なチームワークであっさり仕留めるのを見て、やはり多人数パーティも魅力的だよなあ……と考えた俺であった。

女子供たちは森の浅いところで山菜や木の実を採集し、釣り師は魚を狙って小川に行き、鍛冶《かじ》師は結婚指輪を鋳造《ちゅうぞう》し、設計師や大工は新婚夫婦のための豪華な邸宅を建築する。

そして、アトリア一行がロイム村に到着して、五日目。

アルフォンソとアトリアの結婚式当日である。

「アルフォンソよ、あなたはこの女性を、健康な時も病に臥《ふ》せる時も、富める時も貧しい時も、愛し助け慰め合って、変わることなく自らを捧げることを誓いますか」

「はい、誓います」

「アトリアよ、あなたはこの男性を、健康な時も病に臥せる時も、富める時も貧しい時も、愛し助け慰め合って、変わることなく自らを捧げることを誓いますか」

「……はい、誓います」

「わかりました。今この瞬間、神に認められし新たな夫婦が誕生しました。では誓いの口づけを」

村唯一の小さな教会。ハーガニーから派遣された老神父のもとで式は厳粛《げんしゅく》に行われ、二人は正式に夫婦となった。

あれよあれよと披露宴も終わり、皆が寝静まった真夜中。

どうにも眠れず、何となく自室の窓から外を見やると、辺りを窺いながら新婚夫婦の館を出ていく人影が目に入った。

空には明るい月が出ていたが、顔を伏せていて誰なのかはわからない。

「こんな時間に……もしかして盗人か？　門番は……まさか披露宴パーティーで酒飲んだんじゃないだろうな。しかたない、あとを追うか」

せっかくの身内の祝いの日を泥棒なんかに台無しにされてたまるものかと、横で気持ちよさそうに眠るヴェルを起こさないようにして俺は部屋を家を出た。

その人影はまっすぐに村の入り口へ向かい、門を抜け、少し離れたところで立ち止まった。

こんなところで止まって……何かあるのか？

「……ごめんなさい」

人影から、かすかな呟きが漏れる。

若い女の声。そのソプラノの声は、悲しげで、どこか自責の念を含んでいた。

「ごめんなさい、シオ……約束は守れそうにありません……」

そう呟いてしばらくしてから、踵《きびす》を返し村に戻っていく女。

その女の瞳からは涙が零《こぼ》れていた。

でも。

俺がそれ以上に驚いたのは。

彼女がアトリアだったってことだ。

……シオ。

彼女の呟いた言葉。

それが何を意味するのかまったくわからない。だがその言葉は俺の頭の奥底にいつまでもこびりついて、剥がれることがなかった。

†

年が替わり、また冬が終わる。

十三歳になった俺はやっと【次元魔法】がレベルアップして、『アイテムボックス内は時間が経過しない』という狩りや採集に必須のオプションが付いた。そしてヴェルも〈腐食スライム〉がLv4に上がり、外見も十三歳くらいになった。

まだ寒さが残るものの、春の息吹《いぶき》が肌を撫で始めた頃だった。

「俺に、冒険者になる許可をください！」

アルフォンソが新居に移ったため、もはや父様と母様のお茶会の場となっていた執務室で、俺は父様にそう言った。

十三歳。冒険者としてギルドに登録できる最低年齢である。

十三年間、俺はこの日を待ち望んできた。誰が言ったか、冒険とは男のロマンであり、果てなき探求だ。

「お前が冒険者になりたがってることは、もちろんよくわかっている」

「ならっ！」

「だが、ここで一つ。お前に、冒険者として生きていく覚悟があるのかどうか……俺はそれを知りたいのだ」

一呼吸置いて、父様は続けた。

「……お前は、貴族としての立場を捨てて、一介の冒険者として生きていく覚悟があるのか？」

「もちろんです」

「……もうこの村に戻ってきても、誰もお前を貴族として扱わない。それでも、お前の決意は変わらないのか？」

「当然です」

「……あとになって、やっぱり諦めます、なんてわがままは許さないからな。……よし、お前の決意はよくわかった。一週間後、ハーガニー行きの馬車を出す。思う存分、やってこい」

「ありがとうございます」

「それから……ヴェロニカ」

父様は俺の隣に立つヴェルの方を向いて言った。

「私はずっとレンについていくよっ。私はレンが大好きだから！」

父様の言葉を待たずに、そう言って、えへへ……と屈託なく笑うヴェル。それを見て、今さらながら、とても可愛いと思ってしまった。

「ヴェル……ありがとうな」

「感謝されるようなことじゃないよ？　私がレンと一緒に行くのは、当然だよ！」

俺は我慢できず、ぎゅっとヴェルを抱きしめる。

きっとヴェルも俺と一緒にこの家を出ようとするだろうとは思っていた。

でも実際にヴェルの口からそんな言葉を聞くと、わかってはいても、どうしても嬉しくなってしまうのだ。


「お兄ちゃぁぁぁあああぁぁぁん！　行かないでぇぇぇえええぇぇぇ！」

ガシッと俺の胸に抱きついて離れようとしないミケーレに、俺は苦笑しつつ語りかける。

「お前も来年で十歳だし、こんなことで泣いてたら、本当に泣きたい時に流す涙がなくなるぞ？　別に死地に赴《おもむ》こうってわけじゃない。生きていれば、また会えるさ」

兄として弟に言ってみたい台詞ランキング一位タイである。

九つの子供に言う言葉じゃないんだが、どうにもこれからのことを思ってテンションが上がってしまっているんだよな。でも、ちゃんとミケーレは頷いてくれて。

「……わかってる、お兄ちゃん！　僕はもう泣かないから、またいつか試合をしようね！」

……また育ててしまった。精神的に。

「レン、俺はしっかりこの村を守る。心配はいらないさ。だから、お前も戻ってこないで、せいぜい楽しめよ！」

「レンくん……あまり話す機会はなかったけど、応援しています。がんばって。私もがんばるから」

そう言ってくれたのは兄様夫婦だった。

父様の話によれば、兄様の政務の質は今は可もなく不可もなくというところらしい。だが年齢を考えればよくやっているほうだろう。

今までにない笑顔を見せる兄様と、心配そうに俺を見つめるアトリア義姉《ねえ》様。

「……兄様も義姉様も仲良く健康でいてください」

二人のさっきの別れの挨拶に俺はどこか違和感を覚えたが、今は深く考えないことにした。

さあ、いよいよ出発だ。

「では、な。お前がどういう道を歩もうと、それはお前の勝手だが……これだけは約束しろ。死ぬな。これが俺の願いだ」

「レン、あなたなら成功できると信じてるわ。だからレンも、自分を信じなさい。……そしてヴェルちゃん、レンは粗忽者《そこつもの》だからちゃんと見ていてあげてね？　色々と頭がズレてるところがあるから、ね？」

「父様、母様……今までありがとうございました」

「私も……。私を娘にしてくれて……、ほんとうにありがとうっ。……うぅっ、ひぐっ……」

「ほらほら、もう、泣かないの。私まで泣きそうになっちゃうじゃない」

「……はい……っ……ひっく……」

母様に優しく頭を撫でられると、ヴェルはこくんと頷いた。

「レンデリック様、ヴェロニカ様、そろそろご出発です。お別れの挨拶は終えられましたか？」

ハーガニーまで俺たちを馬車で連れていってくれることになっているデボラが言った。

「ああ、デボラ。もうやり残したことはない」

「パブロ様、エレーネ様、しばらくの間、務めを果たせないことをお許しください」

「いや、デボラに頼んだのはこっちだからな。なに、俺もエレーネも、冒険者時代は身の回りのこともすべて自分たちでやっていたんだ。ノスタルジーに浸りながら、久々にやってみるさ」

「そうね。だからデボラも、うちのことは心配しないで、行ってらっしゃい」

「……ありがとうございます。……では、レンデリック様、ヴェロニカ様、行きましょうか」

こうして俺たちは、ロイム村を旅立った。

俺とヴェルは途中何度も振り返り、みんなの姿が見えなくなるまで手を振り続けた。

◆エレーネ視点◆

残された家族たちと家に戻る途中、私は立ち止まって、息子の旅立ちを祝福しているかのような、どこまでも広がる青空を見上げた。

「ヴェル……あなたは何者なの……。あなたのような存在を私は見たことがない……。魔貴族とも違う……なら、あなたは一体……？」

STATUS

名前：レンデリック・ラ・フォンテーニュ

年齢：13 歳

職業：なし

種族：人間

特殊スキル：〈テイムマスター〉〈創造王〉〈体術王〉〈極限突破〉〈王の系譜〉〈冥界の加護〉〈男は拳で語る〉〈牡のフェロモン〉〈絶倫〉

一般スキル：【テイム Lv 2】【鍛冶】【錬金】【調合】【建築】【王級工房】【鑑定】【指揮】【暗黒魔法 Lv 5】【暗闇可視化】【混沌魔法 Lv 5】【煉獄魔法 Lv 5】【次元魔法 Lv 2】【中級拳闘術 Lv 1】【甘いマスク】【精力回復】

STATUS

名前：ヴェロニカ

年齢：外見 13 歳

職業：なし

種族：？？？？（腐食スライム）

特殊スキル：〈腐食スライム Lv 4〉〈回復師〉

一般スキル：【中級水魔法 Lv 4】【中級回復魔法 Lv 4】【柔軟】【触手変形】【腐食】【強酸】【吸収】【物理ダメージ 40％カット】

装飾品：月の紋章の髪飾り、花冠

第四章　河港都市ハーガニー

ロイム村を北から南へと流れる小川沿いの道を、馬車で下って三週間。

村の北に雄大に聳《そび》えていた山脈も、今は遥か後方にうっすらとその輪郭が見えるのみ。そして俺たちの前方には、かすかに海が見え始めていた。

ハルヴェリア王国は、この世界で「二大国家」と呼ばれるうちの一国であり、オーギュスタット南部の半島を中心に成立した。ハルヴェリア王国の領土は、半島部と、その北部に聳えるアイガー山脈以南の内陸部だ。

ハルヴェリアではこれまで多くの都市が興《おこ》っては滅んできたが、中でも、半島南部の王都ヴェリア、内陸北部を東西に流れる大河ハーグの河口である貿易都市コーデポート、その上流に位置する河港都市ハーガニーが大都市として栄えてきた。

俺たちが向かっているのはその一つ、河港都市ハーガニーである。

「レンデリック様、ヴェロニカ様、見えてきましたよ。あれがハーガニーです」

「おお……」

「おー！　大きい！」

小高い丘から眼下に広がる風景を眺めて、俺とヴェルは感嘆するばかりだった。

ハーガニーは、俺たちが今下ってきた小川が大河ハーグと合流する地点であり、大河ハーグの下流から来る大型貨物船の最終遡航《そこう》地点でもある。

ハーガニーから一気に幅の広くなる大河ハーグは多くの船舶が行き来している。そのすべての船が、ハーガニーへ停泊するのだ。

二重の城壁を持ち、翼を持つモンスターの群れにも対処できるように、外側の壁の上部には何百ものバリスタ砲台が並んでいるのが、遠くからでも見てとれた。

予想以上に大きく立派な中世風の大都市に、ただただ心が震えるばかりである。

日本のファンタジー系ゲームやライトノベルではこういった都市が頻繁に出てくるのだ。それらの作品の虜《とりこ》になっていた俺はこういう風景に憧れていて、実際に目の当たりにすると感動と興奮で足が地に着かなくなってしまった。

そうこうしているうちに、俺たちを乗せた馬車はハーガニーの西門に到着した。

「レンデリック様、ヴェロニカ様……ここでお別れです。……お二人ともどうかお元気で」

「デボラ……。本当に今までありがとう。デボラも元気でね」

「デボラ……っ、私、泣かないからね……っ。今日は笑顔でサヨナラするの……っ」

俺とヴェルを交互に見つめて、デボラは優しげに笑みを浮かべた。

そして再び馬車に乗り、来た道を戻っていく。

……これでもう本当に、しばらく家族とは会えないんだな。

寂しくはあったが、冒険者になって活躍することが、俺から皆への最高の恩返しなのだ。そう思うと、寂しがっている場合じゃない。

俺は確かな歩みで、門へと向かうのだった。


ハーガニーに入るには、検問を通る必要がある。

コーデポートからの船舶がひっきりなしにやってくるハーガニーは商業が盛《さか》んであり、そのような場所では必然的に密輸などの犯罪も増加する。

そのため、検問所を設けて厳重に人々の荷物を調べる必要があるのだ。これにより「ハーガニーでは厳重に取締まりを行っている」という犯罪者への牽制にもなる。

荷はすべてアイテムボックスに入れてあるので、俺たちは一見手ぶら状態だ。市民や冒険者など、わずかな荷物しか持たない者専用の検問でいい。登山用のザックぐらい大きな荷物でもこっちの検問でいいらしい。

基準は商人かどうか、だろうな。荷物の量で判別してたら貴族とかが待たされることになって問題になりそうだし。

俺とヴェルは厳重な方の検問の長い列に並んでいる商人らしき人々に心の中でエールを送りつつ、

簡易な方の検問へ向かった。

前の人の手続きが終わり、俺たちの番になる。

「はい、次の人。……見ない顔だな。名前、年齢、出身地、滞在の目的を言え」

三十歳くらいの、厳《いか》つい顔の検問官が俺とヴェルを交互に眺めた。

ヴェルの顔を見て少し止まったが、そこはさすがプロ、すぐに目を離し何事もなかったように続ける。

ぞんざいな言い方と思うかもしれないが、これがこの世界のデフォである。別段悪気があるわけではなく、一日に何百人もの人々が通過する検問所では、渋滞《じゅうたい》が起きないよう迅速に検査を済ませる必要がある。だから相手が貴族でもない限り、敬語や丁寧語を省くのだ。

「ロイム辺境伯領から来た、レンデリック。歳は十三です。ハーガニーには冒険者になるために来ました」

冒険者として生きていくと決めた俺は、もう自分のことを貴族だとは思っていない。だから実家であるフォンテーニュ家の姓は名乗らない。

「同じく、ロイム辺境伯領から来たヴェロニカですっ。年齢は……えーと十三かな？　滞在理由はレンと同じ！」

「ロイム村」とは俺たち村の人間が勝手に呼んでいるだけであり、正確には「ロイム辺境伯領」という。

「身分証明書は……なしか。冒険者になりたいのだろう？　身分証明書は冒険者ギルドでも発行しているから早めに行っとけよ。証明書なしのまま一週間以上いると、不法滞在として罰金が科されるからな」

冒険者ギルドはここだからな、と検問官はわざわざ場所を記した地図をくれた。優しいな。この人はアタリっぽい。

「アイテムボックスの魔法は使えるか？」

検問官の問いに頷くと、「これに手を触れろ」と言われ、俺は差し出された紫色の水晶に手を伸ばした。

「ふむ……牙狼将と牙猪の胴体、それと小さい魔核複数か、問題ないな」

牙狼将はファングウルフリーダー、牙猪はタスクボアの別称である。

アイテムボックスの中身がわかる魔道具の水晶か。アイテムボックスに入れた物は異空間に収納され、通常の検査では探知できないため、この水晶を利用して密輸を防いでいるのだろう。

検問官は俺たちの後ろに誰も並んでいないのを確認してから、心配そうに言った。

「……命を大切にな。特に冒険者になりたての若い奴はすぐ死ぬことが多い。お前たちも気をつけろよ。……まぁ、十三歳にしてその体格なら大丈夫だとは思うがな」

現在、俺は身長百七五センチメテルであった。前世は十八歳で百七三だったから、高身長に憧れてたんだよな。まだ十三だから、これからも伸びるだろう。

夜更かししてまでするような娯楽のないこの世界では、どうしても早寝早起きの生活になる。それが今の身長に繋がったのかもしれない。そこのみんなも早寝早起きしような。うん。

身長に加えて、父様との稽古で鍛えられ、スキル〈体術王〉の効果もあって、俺の外見は実年齢より少なくとも五歳ほど上に見えるだろう。

検問官は視線をヴェルに移して、また真剣な顔になって忠告した。

「だがお嬢さん、あんたは特に気をつけろよ？　……あんたのような女の子を狙うのは、魔物だけじゃないからな」

盗賊と、奴隷商人はどこの国でも問題になっている。都市から離れた場所で冒険者や商人を襲い、金になりそうなものは売り飛ばす。無論、その中には人間や亜人も含まれる。

「大丈夫です。しっかり気をつけます。忠告ありがとうございます」

「気をつけますっ」

俺たちは礼を述べた。

「いーや、なに、有望な若者をむざむざ死なせるってのは辛いもんだからな……」

検問官の口調や外見と、中身とのギャップに好感を抱きつつ、俺たちは彼に別れを告げて検問を抜けた。

「まずは、宿屋の確保。それから冒険者ギルドに登録して、身分証明書の発行だな。よーし、行くか」

「えーっと、ここは西通りで……宿屋とギルドは東通りだよ！」

俺たちは検問所で貰った地図を眺めながら、その一方で街の光景に目を奪われていた。

大都市であるハーガニーは、当然ながら多くの人間・亜人が暮らしている。

ロイム村では見たことがなかったドワーフやエルフ、あるいは猫耳と尻尾を持つ猫人族《ワーキャット》とすれ違うたびに振り返ってしまった。

そして気がつけば東通りに来ていた。

俺とヴェルは二人してキョロキョロしていて、傍からみれば間違いなくお上りさんだったに違いない。

「人がたくさんいて、とってもびっくりした！」

「さすが、大都市だよなー。俺もドワーフやエルフから目が離せなかったよ」

「それにしても……なんかお腹すいちゃったなーっ」

同時にヴェルのお腹からキュルキュル……と可愛らしい音がしてつい笑ってしまった。

「もー！　わざと鳴らしてるわけじゃないんだから、笑わないでよっ！」

顔を赤らめたヴェルは明後日《あさって》の方向を見て、俺と顔を合わせようとしない。

ちょっと怒らせちゃったかな。反省。

「ごめんごめん、もう笑わないからさ、機嫌直してくれよ」

「ふーんだっ」

何度も謝ってようやくヴェルが怒りの矛《ほこ》を収めてくれた頃、俺たちは東通りにある目的の場所へたどり着いた。

宿屋、麦穂亭である。

ハーガニーでも安くてメシが美味いと評判の宿屋であった。

「いらっしゃい、『麦穂亭』にようこそ。おやお客さん、見ない顔だね。ここは初めてかい？」

宿屋に入ると、向かって右側に食堂兼酒場、左側に階段があり、そのすぐ横にカウンターがあった。カウンターの方から女性の声がして振り向くと、恰幅《かっぷく》のいい中年のおばさんが立っている。

「はい。料理が美味しいと聞いていたので気になって」

父様はハーガニーで活躍していた冒険者だったから、出発前にオススメの宿屋、武器屋、鍛冶屋などを教えてもらったのだ。そして薦められた宿屋が、ここだった。メシももちろんだが、父様曰く、とにかく酒が美味いらしい。伊達《だて》に「麦穂」を名乗っていない、と父様も笑っていた。

「そうかい、嬉しいことを言ってくれるじゃないか。うちの旦那が作ってるだけで、そんなに大層なものじゃないよ」

そう言っておばさんは、アッハッハと豪快に笑う。

「それで、泊まるのは二人かい？　ならお客さんラッキーだよ。ついさっき一部屋空いたばかりだからね」

麦穂亭は人気らしいから満室だったら別の宿屋にしようと思っていたのだが、幸運にも空いていると聞いて思わず笑みが零れた。

「お二人さん同室だけどね、それでもいいかい？」

「はい」

ヴェルとは何年も同じ部屋で過ごしているから、今さら同室なんて気にならない。といっても、ヴェルがタスクボアを吸収して一気に成長した晩はさすがにドキドキしたが。

俺たちはとりあえず一ヶ月分の宿代を支払い、部屋の鍵を受け取った。

「そう言えばまだ名乗ってなかったね。私は女将《おかみ》のレネさ。大抵は奥にいるから、何か用があればカウンターのベルを鳴らしな」

「わかりました。俺はレンです。こちらはヴェル」

「ヴェルです。よろしくお願いしますっ」

「へええ、なかなかの別嬪《べっぴん》さんだね」とヴェルの顔を見て俺に呟く女将さん。全部ヴェルに聞こえちゃってますよ。ヴェル、顔赤くなってるし。

そんなヴェルに女将さんは爆笑した。ワザとかいな、女将さんよ。

「よーし、あんたたちの名前はもう覚えたよ。やっぱりあんたたちも冒険者なのかい？」

「いえ、今から冒険者ギルドに行って登録するところです」

「おや、そうかい。じゃ、あんたたちが将来活躍したら自慢させてもらうよ。昔ここに泊まりに来てくれたってね」

「そうなるように頑張ります」

「じゃあ、楽しみに待ってるよ。そういや、昼ご飯はまだかい？　初めてのお客さんには昼ご飯をサービスしてるんだよ。どうだい？」

「まだです……ちょうど腹が減ってたところなので、じゃあ、お言葉に甘えて」

「もー、おなかペコペコだよっ！」

魔物っ娘であるヴェルも人間と同じ食べ物で腹を満たすことができる。ただ、魔物や魔核と違って魔力が回復したり、増加したりはしないから、成長しないけど。

「では。与えられた天地の恵みに感謝いたします。いただきます」

「いただきます」

父様や母様と食べることはなくなったけど、この食事前の習慣は変わらないし、変えたくない。この挨拶をするたびに家族を思い出せるからな。

サービスの昼ご飯のメニューは、シチューと二種類のパンである。

「……うまい！」

「おいしいーっ！」

さすが料理が評判の宿屋だ。食堂はほぼ満席で、皆美味しそうに料理を頬張《ほおば》っている。何でも、この宿の料理のためだけに拠点をハーガニーに移す冒険者もいるらしい。俺たちが部屋を取れたのは本当に運が良かったなぁと思う。

ヴェルも頬を緩めて美味しそうに食べていた。

普段ヴェルは、空色の髪をポニーテールにしている。ただ、最近は時々サイドテールなどヘアスタイルを変えている。

髪型に無頓着なヴェルの様々なヘアスタイルを見るのも楽しみの一つだ。

「どうしたの？」

「いや、ヴェルの髪型を見てただけだよ。よく変わるから楽しみなんだよね」

「え！　楽しみにしていたの!?」

「嫌だった？」

「嫌じゃないよ！　けど、だったらちゃんとした髪型にしたほうがいいのかな……？」

「ヴェルは飾らない可愛いさが魅力なんだから、そのままでいいんだよ」

「そ、そうかな……？　えへへ……」

うむ。ヴェルは今のままが一番だ。

ヴェルとの会話で止めていた手を、再び皿に伸ばす。

パンをちぎり、シチューに浸し、口へ運ぶ。この繰り返しであったが、どれだけ食べてもまったく飽きない。

満足だ。

幸先《さいさき》がいいんじゃなかろうか。

「ごちそうさまでした！」

「お粗末《そまつ》さん。そんなに美味しそうに食べてもらえると、こっちも嬉しいよ」

女将さんが皿を下げながら言う。

「いえいえ、美味しい料理に出会えて、俺たちも嬉しいですよ」

「それで今日は、冒険者ギルドに登録だったね。もう行くのかい？」

「はい」

「よーし、頑張って行っといで！」

「行ってきます」

「行ってきまーすっ」

そう言って、俺たちは麦穂亭をにした。

†

「えーっと、冒険者ギルドは……あっちだねー」

地図を見ながらヴェルはその方向を指さした。

冒険者ギルドは麦穂亭と同じ東通り沿いにあるため、すぐに見つかった。麦穂亭よりも東寄りで、俺たちが通ってきた西門より東門のほうが近い。

迷うことなく冒険者ギルドに辿りついた俺たちは、その建物に驚いた。

「……なんだこれ。うちの実家よりデカイじゃねーか！」

それは言ってみれば貴族の大邸宅という感じで。酒場、鍛冶屋などが所狭しと並んでいる雑多な通りの中で、豪華な三階建ての冒険者ギルドは明らかに場違いである。貴族の居住区だという北通りから、一軒そっくり移転してきたかのようだった。

よくよく考えてみれば、冒険者ギルドは冒険者たちの拠点である。れっきとした組織の支部であり、世界中にごまんといる冒険者たちの憩《いこ》いの場でもあるのだ。

中でもハーガニーは三大都市の一つ。当然やってくる冒険者の数は桁違いで、ギルドがこれほど大きいのも頷ける。

ギルドのハーガニー支部には依頼を斡旋《あっせん》する仲介所、魔物から得られる素材や魔核などを鑑定し買いとってくれる換金所、旅の疲れを癒してくれるバーや酒場があり、建物内は魔物狩りや採集採掘を生業《なりわい》とする冒険者たちでごった返していた。

建物に入って正面突き当たりにカウンターがあり、仲介所と書かれた看板が掲げられている。

「冒険者ギルドに登録したいんですけど」

「はーい、新人さんですね。では、この書類にご記入くださいな」

カウンターにいた女性に声をかけて書類を受け取り、必要事項を書き込んでいく。

にしても、この女性も美人だな。ざっと見回してみても、ギルドの女性職員は総じて顔とスタイルのレベルが高い。

まあ、彼女たち目当てでやってくる冒険者も多いみたいだから、職員の見た目は重要なのだろう。

名前――レンデリック、ヴェロニカ。

出身――ロイム辺境伯領。

年齢――共に十三歳っと。

武器――は俺はナックル系で、ヴェルはなし。

こんな感じかな。これだけでいいのかと拍子抜けもしたが、冒険者はとにかく能力があって依頼をこなしてくれればいいのだから、そこまでプライベートに踏み込む必要はないのかもしれない。

「書きました」

受付の女性が書類を受け取り、記入漏れがないか確認する……のだが、こちらをチラチラ見てくるのはなぜだろうか。俺だけでなくヴェルのことも見ているようだが。

しばらくして二枚の書類を見終えたその女性は、カウンターに置かれている冒険者ギルドのマークがついた判子を手に取った。そして軽くインクに浸して、それぞれの書類に判を捺した。

「では、少々お待ちくださいねー」

そう言って書類を手にカウンターの奥に引っ込んだ受付の女性から目を離し、ギルドの内装を眺めていると、ふと酒場の方に目がいった。

まだ陽も高い時間だというのに、すでに大勢の冒険者が酒を飲みガヤガヤ騒いでいる。

すると酒場からちょうど数人の客が出てきた。

全員男のようだ。

「おい、新人だぜ」

「かなり若いな。男は十七歳前後、女は十五歳あたりと見た」

「俺もそのくらいと予想する。それにしても……あんな超絶可愛い顔した女、俺は人生で一度も見たことないぞ」

「あーっ、くそっ、あんな無垢《むく》そうな顔して、どうせ毎日そこの男とパコりまくってるんだろうよ、こんちくしょうがっ」

「いいじゃねーか、別に」

「そういやお前は寝取り専門だったたな」

「「「「ギャハハハハハハハハハ」」」」

「ちょっとー、あなたたち！　それくらいにしておきなさい！　『警告』を与えますよ！」

「おー怖い怖い。それじゃ俺たちはそろそろ退散しよー」

「「「「ギャハハハハハハハハハ」」」」

「はぁー……。困った人たちだわ、ほんと。ああいうのも注意したその場では止めるもんだから、こちらとしても警告しか出せないのよね」

そう言ってため息をついたのは、さっき奥に引っ込んだ受付の女性。

下衆《げす》い、下衆いぞ、あの男ども。ヴェルを性的な目で見るのは、誰であろうと許せん。

「レン……あの人たち、怖いよ」

「まあ……関わることもないさ。近づかなければ大丈夫だろ。仮に何かあっても、俺たちのほうが遥かに強いし」

昼間から酔っ払った大人たちの、なんと情けないことよ。

俺は将来、ああいうみっともない大人には決してなるまい、と固く決意したのであった。

†

「えーと、それで、レンデリックさん、ヴェロニカさん、冒険者の登録が完了しましたよー」

受付の女性がカードらしきものを差し出してきた。

「はい、これがギルドカードね。キミたちはFランクだから、ギルドカードは赤銅色よ」

受付の女性からギルドカード二枚を受け取り、片方はヴェルに渡して、俺は取り出しやすいように上着のポケットに入れた。ヴェルはFランク者用のギルドカードを嬉しそうに眺めている。そういえば、ヴェルは腐食スライムとしてはCランクなんだよな。だが、ここでは当然人間の冒険者として扱われるので、Fランクからのスタートだ。

「はいはーい、注目注目。今からこの私、レヴィーが、ここ冒険者ギルドについて説明するからよく聞いてね?」

レヴィーと名乗った受付の女性はそこで、一つ大きな咳払いをした。

「冒険者はSSS、SS、S、A、B、C、D、E、Fと九段階にランク分けされます。あ、SSSに近いほど高ランクですよ。また、新規登録者は一律Fランクからのスタートです。ここで注意してほしいのは、冒険者は自分のランクよりも一つ上のランク向けの依頼、つまり一ランク上のクエストまでしか受けられないということです。これは自身の能力を過信した無謀な冒険者が命を落としてしまうのを防ぐためですね」

そう言って、悲しそうに目を伏せるレヴィーさん。そういう人たちを何人も見てきたのだろうか。

確かに冒険者は成功すれば名誉と財産、それと人脈……悪く言えばコネを得ることができる。それでいて特別な資格など要らないため、冒険者という職業は非常に人気がある。当たり前だが人気があれば冒険者の数は増え、そのぶん「帰らぬ人」も多くなる。

冒険者は楽な仕事ではないが、冒険者の帰りを心配しながら待つギルド職員の仕事も、精神的にはかなり辛いかもしれない。

「ご、ごめんなさーい、少し辛気臭くなってしまいましたね。話を戻しましょう。次はランクアップについて、ですね。冒険者は魔物討伐や、採集、採掘の実績がギルドカードに自動的に書き込まれます。その実績を我々ギルドで分析して、ランクアップに該当するかどうかを見極めます。あ、ズルはいけませんよ？　ベテランとパーティを組み強い魔物のところへ行って自分はただ端っこで待機しといて、とどめだけブスッとやってもダメですよ？　実際の活躍度合が反映されますので、しっかり戦闘に参加してください。そうしないと、実績としてまったく認められませんからねー。ではこれにて、私からの説明は終わりです。また何かあればこちらから伝えますのでー」

「はい、大体の仕組みはわかりました。それでは、早速クエストを受けたいんですが」

「レン、あのボードがそうじゃないかなっ？」

「そうですねー、受けたいと思った依頼の紙をこちらに持ってきてくれればＯＫですよ」

「あちらが低ランク向けの依頼ですよー」とレヴィーさんが入り口付近の向かって右側にあるコルクボードを指した。そこには、ボード本体が見えないほど、大小様々な紙が画鋲《がびょう》で留められていた。あの一枚一枚が、すべて依頼書なのだ。

そして、入り口左側に中ランク向け、そのさらに左に高ランク向けのボードがあり、ランクが上がるにつれてボードに集《たか》っている冒険者の数も少なくなっている。

ちなみに低ランクはＥとＦ、中ランクはＣとＤ、高ランクはＳＳＳ、ＳＳ、Ｓ、Ａ、Ｂを指すのだそうだ。

「でもキミたち……ひとーつ気になることがあるんだけど」

よしボードを見にいこうか、と足を踏み出したところでレヴィーさんに呼び止められた。

「その年齢で『ナックル』と『武器なし』ってどういうことなのよ？　いくら若いからって、まだ新人なんだから、安全策をとりなさいなー」

まあ、突っ込まれるよな、そこは。

俺のナックルはまだいいとしても、ヴェルはもはや素手である。だがヴェルは触手が主な武器だから、剣や槍はかえって邪魔になるのだ。俺についてはお祭しの通り、スキルの関係でナックル以外死亡してるから仕方ない。世知辛《せちがら》いね、ほんと。

「いやー……俺不器用なもので、剣や槍よりは拳のほうがやりやすいんですよね」

「私もっ」

「でも、対人戦になったら、明らかにリーチの差で不利になるわよー？　特に相手が熟練者の場合はね」

「でも、私もレンも魔法使えるよ？」

「あら、そうなの？　……そういうことは先に言いなさいよねー。んー、まあ、そーだなあ……なら今のところは大丈夫かな。魔法が使えるのはかなりのアドバンテージだから」

やれやれ、というふうに肩をすくめ、レヴィーさんはさきほど俺が渡した書類に追加で何かを書き込んでから、言った。

「それじゃ、今度こそ。冒険者活動、頑張って！　あなたたちにギルドの加護があらんことを」

「ありがとう、レヴィーさん。……よーし、ヴェル！　頑張ってランクを上げまくるぞー！」

「おーっ！」

冒険者として活動するからには、最強を目指したい。

せっかくのこのスキル群、フルに使わないともったいないしな。

目指すはSSSランク冒険者だな！　やってやるぜ！

†

さて……依頼を選ぶとしよう。

Fランクの俺たちは、Eランクの依頼までしか受注できない。高みを目指す身としては、Eランクの依頼を何度もこなすのが近道なのだが、まずは簡単な依頼でクエストがどんなものかを実際に体験したほうがいいだろう。

そう結論づけた俺は、目の前のボードに隙間なく留められた数多《あまた》の依頼書を眺める。

「とりあえず……」

Fランクの依頼書を見つけ次第、ピックアップしていく。

――スライム十匹の討伐。

——ゴブリン十四の討伐。

——ハイデン草二十株の納品。

「ふーむ、確かに簡単なクエストばかりだなぁ」

「うーん、五年前のレンでも楽にできそう」

ゴブリンの強さは知らないが、スライム十四討伐なんぞは七歳児でも余裕だ。ソースは俺。

「じゃあ、まだ見たことないゴブリンの討伐と、ついでにスライム討伐とハイデン草の納品もやっとくか。……レヴィーさーん、すいませーん」

カウンターに三枚の依頼書を置き、受付が他にいなかったので、奥で仕事をしていたレヴィーさんを呼んだ。

「はーい、あら、レンデリック君、早速受ける依頼を決めてきた？」

「はい。お仕事中すいません。ところで複数の依頼を並行して受けるのはありですか？」

「ちゃんとできるならねー。でもクエストは基本的に、達成できなかったら違約金、つまり罰金を支払うことになるから気をつけてね？」

罰金の額は受注した依頼と同じランクの冒険者の報酬金額が相場だと、レヴィーさんは付け加えた。

「なるほど。ちゃんとこなせるならまったく問題ない、と」

「そういうことー」

なら、と三枚の依頼書を、そのままレヴィーさんに渡す。

「これでお願いします」

「まさか二枚じゃなくて、初っ端《ぱな》から三枚とはね」

レヴィーさんは苦笑しながらも、ちゃんと受注の手続きをしてくれた。

「ところで、ハイデン草の形はわかる？　ハーガニー北東の森に多く自生している薬草なんだけど」

「はい。ロイムにいた時、何度か採集しに行きましたから」

「なら大丈夫ね。スライムもゴブリンも、同じ北東の森にいると思うから。では気をつけてねー。あなたたちにギルドの加護があらんことを」


「ところで、本当にいまさらすぎる話なんだが、ヴェルはスライム討伐って嫌《いや》じゃないのか？　そこらへん、俺にはよくわからなくてな。気を悪くしたらごめん」

ハーガニー北門を抜け、街から北に延びている石造りの街道を北東に逸れて、しばらく歩いていた道すがら。

俺はふと気になった疑問を、ヴェルに投げかけた。彼女と出会って六年。ヴェルが人型に進化してからはこういうことを考えなくなったように思う。でも、実際に「スライム討伐」の文字を見たら、その疑問がムクムクと頭をもたげてきたのだ。

「ううん、あんまり気にならないよ。私は確かにスライムだけど、でも一方で人間さんのような思考や感情を持つことができたから。だから、スライムはスライムで、私は私。同じようで、まったく違うんだよ？　それに普通のスライムだった頃も他のスライムを仲間と思ったことはなかったなあ。あと、ロイム村にいた頃からレンと一緒にスライム狩りしてたでしょっ。だから私にとっても、スライムは敵、っていうイメージかな。……あっ、でも私みたいにレンに懐くスライムだったら、話は変わってくると思うけどっ」

ヴェルの瞳は揺らがない。もう彼女の中では、とっくにけじめがついていたのだろう。

「……ああ、いや、それならいいんだ。じゃあ気を取り直して、行くか」

「うんっ」

目的地である北東の森は視界に入っている。街道では大勢の人々が行き交っていたのに、そこから逸れたこの道にはもはや俺たち以外誰もいない。

そもそもハーガニー北東の森は、スライムやゴブリンなど一般的に最弱と言われる魔物しかおらず、他には時折、北部のベルガニー山脈から鳥のような魔物が飛んできて、雛《ひな》の餌にするためにゴブリンなどを攫《さら》っていく程度だ。

だから、それなりに経験のある冒険者はまず来ない。せいぜい、俺たちみたいな新人がFランククエストで訪れたり、周辺住民が薬草や木の実を採りに来たりするくらいである。

だが念のため、ヴェルには混沌魔法Lv４の【混沌の変幻《へんげん》】を掛けておく。

「――生も死も創造も破壊もまだなき無の淵よ、その混沌は光を許さず、姿を惑わす幻とならん――

混沌の変幻」

「……？　何も変わってない気がするよ？」

ヴェルが不思議そうに言う。

「いや、触手を伸ばしても、他の人からはそう見えないようにしたんだよ」

「あー、そういうの今まで考えてなかった……。もし誰かに見られてたら、やばかったよねっ……あぶなっ」

【混沌の変幻】は、光の屈折度などを調節し見た目の変化を隠して、相手を騙す魔法である。近距離だとすぐ看破《かんぱ》されるのだが、遠距離では注意深く見られない限り、ほぼ見破られない。

辺境のロイムの森と違って人が通りかかる可能性の高い、ハーガニーそばの森では、【混沌の変幻】は必須だ。

触手を見てヴェルを魔物と見なし、攻撃してくるような輩《やから》が出てくる可能性があるからな。そんな奴は無論即フルボッコだが、何より面倒を起こして後々大事《おおごと》になると、ヴェルが悲しむだろうし。

この魔法がかかっていれば、ヴェルが三本の触手でゴブリンどもの首をバッシバッシ刎《は》ね飛ばすのを誰かが目撃しても、ノープロブレム。その誰かにはヴェルは素手で戦っているように見えるはず。

ロイムの森で【混沌の変幻】を使わなかったのは、ただ単に、当時はこのカムフラージュ法を思いつかなかっただけで、他に何か理由があったわけではないんだよな。結局一度も触手は見られていないわけだからセフセフ。

「まあ、今までは誰にも見られてないから大丈夫だよ。あまりトラブルも起こしたくないし、これからは【混沌の変幻】を使うことにしとこう」

「オッケーっ」

というわけで、早速クエストを始めるか。準備は万端。森は目の前。魔物の気配もすでに感じている。

初めてのクエストに胸の高鳴りを抑えきれないまま、俺たちは森の中へ足を踏み入れた。

†

北東の森はロイムの森よりも明るかった。

背の高い木立の葉の隙間から差し込む日光が地面に影を作っている。

今から魔物を討伐するというのに、雨の匂いがかすかに混じった森の空気のせいで、ロイムの森が思い出されて懐かしくなる。

小さい頃からほぼ毎日森に出かけていた俺は、いつの間にか森での歩き方を完全に体得していた。

時折出遭うスライムを倒して依頼をこなしつつ、道らしい道のない森の中を、迷うことなく魔物の気配がする方へ進んでいく。

ふいに、開けた場所に出た。

「グギャー。グギャギャギャギャッ」

「グギャ。グギャギャギャー」

おお……ゴブリンだ……。

どれどれ。

「鑑定」

ゴブリン
魔物ランク：F
ATK：513
DEF：104
SPD：468
MP：0
LUK：219
特徴：
小柄で、単体の戦闘力は低い。だが高い繁殖力によって次々と仲間を増やし群れを形成するため、発見したのが一匹だけだったとしても群れの存在を疑うこと。

目の前にはゴブリンの集落があった。簡易ながら家や柵、櫓《やぐら》があることを見ると、それなりに知能もあるようだ。集落の入り口でゴブリン二匹がキャッキャしながら見張りをしていた。いや、「キャッキャ」じゃなくて、実際は「ギャッギャ」なんだけども。

身長百センチメテルほどの、人型の魔物。だが、同じ人型でもヴェルと違って容姿は醜い。緑色の肌に、ところどころこびり付いた泥。頭に髪はなく、ぼろぼろの皮を体に巻き付けているだけだ。

それでも想像どおりの姿をしたゴブリンを目の当たりにすると、やはり感動してしまう。

とはいえこいつらは討伐対象。いくら穏やかに暮らしていようとも、討伐依頼が出ている以上、任務遂行あるのみだ。

「レン？　早く行こっ？　気づかれちゃうよっ」

「ああ、そうだな」

ヴェルの言葉で我に返った俺は、こちらに気づかずにギャッギャやっている見張りに手の平を向けて呟く。

「——光を呑み込む暗黒より生まれし闇よ、弓矢と成りて敵を貫け——暗黒の弓!!」

手の平に濃い紫色の闇が渦巻き、その中から闇と同じ色の矢が何本も現れて、何も知らないゴブリンに向かって高速で飛んでいく。

「ギャッ？　グギャッ……」

「グギャ、グギャギャー……」

矢はゴブリンの全身を貫くと再び闇に還って消えた。何が起こったのかわからないまま、ゴブリンは息絶えて地に臥《ふ》した。

暗黒魔法Lv３【暗黒の弓】。貫通力の高い闇の矢を飛ばす魔法である。何もないところから弓矢を生み出すことができ、役目を果たすと消える、便利な魔法だ。光の属性を持つ防具には効果がないのが難点ではあるが。

見張りのゴブリンの異変を感じ取って、集落内から何匹ものゴブリンが飛び出してきた。俺たちが見つかるのも時間の問題だろう。

ならばこちらから仕掛けるのみ。先んずれば人を制す、だ。

「よし」

「うんっ」

俺とヴェルは顔を見合わせる。準備は完璧だ。

「行くぞ！」

「おーっ！」

掛け声とともに、俺たちは同時に駆け出した。

「グギャ⁉　グギャギャギャッ‼」

「グギャギャーッ、グギャッ！」

こちらに気づいたゴブリンたちが喚《わめ》き立てるが、もう遅い。

「――生も死も創造も破壊もまだなき無の淵よ、その混沌は敵を覆う闇とならん――無我の暗闇!!」

ゴブリンの群れに向かって走りながら、俺は【無我の暗闇】を集落全体に展開した。

これにより視界を奪われたゴブリンたち。その場でふらついて、しまいには尻餅をついてしまう。

そこへ、今度はヴェルが魔法を唱える。

「――天地を遍《あまね》く廻《めぐ》る源の水よ、今ここに大地を濡らす雨とならん――空の涙!!」

その詠唱と共にどこからともなく巨大な灰色の雲が現れる。そして轟《とどろ》く雷鳴と共にゴブリンたちを激しい雨が襲った。

【空の涙】――中級水魔法Lv1の広範囲魔法である。

ぬかるんだ地面に足を取られて転げるゴブリンは、格好の標的であった。

「――翔狼拳《しょうろうけん》!!」

狼のオーラを腕に纏って対象をぶん殴る、拳闘術の一つだ。

俺が腕を振り下ろすたびに狼のオーラが辺りを駆け、それに触れたゴブリンが次々飛ばされていく。

残ったゴブリンをヴェルが触手で捕まえて、息絶えるまで締めつける。

この間、わずか一分。

こうしてゴブリンの群れは全滅したのであった。


「……ふう」

「これで全部かなっ？」

辺りに散らばるゴブリンを眺めながら、人型の魔物を殺すことに何の躊躇いもなかったな、とつくづく思う。人間が相手ではもちろん無理だろうが。

でも……日本で十八年生きた俺には人間相手は難しいと思うが、日本と違って盗賊や殺し屋も珍しくない世界だからな。覚悟しておかないといけない。

「……どうにかしなきゃな」

俺は頭を掻きながら呟く。

まあひとまずそれは置いといて、素材となる部位を剥ぎましょうか。

といっても、最弱レベルであるゴブリンは、魔核を除いて有用な素材はほぼないのだが。

結局魔核のみ回収したあと、俺はヴェルに聞いた。

「ヴェル……ゴブリン……欲しいか？」

「う～ん、見た目が……やだな。だから……いらないかな」

確かに狼や猪と違い、緑色の人型の魔物であるゴブリンは金を払われても絶対に食いたくない。

ゴブリンには悪いが。それにヴェルにはもう、うまみがないだろう。経験値的な意味で。

そう思いつつ一応聞いてみたわけだが、やはりいらないか。記憶のノートにしっかりとメモしておこう。

「そっか。じゃあ残りは焼いてしまおう」

疫病《えきびょう》の発生を防ぐため、素材を回収した死骸は焼くなどして処理するのがルールである。自然消滅するスライムと違って、ゴブリンは死骸が残るからな。

死骸が完全に灰になるのを見届けてから、俺たちは来た道を戻っていった。

スライムもここに来るまでに十匹倒していたから、これで魔物討伐の依頼は達成した。

よしよし、残るはハイデン草だ。まあ、すぐ見つかるだろう。


結論から言うと、ハイデン草二十株は難なく採集できた。

ハイデン草は回復薬であるポーションの材料で、世界中の森に自生していることから安価で大量に販売されている。ただしハイデン草自体の回復効果はあまり高くない。

ハイデン草をアイテムボックスに入れて、クエスト達成の報告のためにハーガニーに戻ることにした。途中、何度かスライムと遭遇したが、経験値がしょっぱいのでスルー。

森を出てしばらく戻り、草原の中を通る街道を見つけると、俺とヴェルは緊張が解《ほぐ》れて大きく息を吐いた。

「とりあえず、まあ、お疲れさん」

「お疲れ様でしたーっ」

初クエストの成果は上々だったな。

一気に三つもこなしたが、二人とも怪我もなく、体力的にもまだまだ余裕だ。

昼過ぎにハーガニーを出たというのに、太陽はまだ高い。今いる場所からハーガニーまでは一時間もかからないから、どこかで休憩するのもいいな。

体力は問題ないのだが、精神的に疲労を感じるのだ。初めて人型の魔物を討伐したからだろうか。無意識のところでやっぱり気にしているのかもしれない……。

「ヴェル、俺、ちょっと休憩したい」

「うんっ、私も、ちょうどそんな気分だったー」

ということで俺たちは、街道沿いにある休憩所に立ち寄ることにした。

†

休憩所は大規模な商人のキャラバン隊が利用することも多いため、どこも造りが大きい。俺たちが向かった休憩所も大きな長椅子がずらりと並んでいて、数十人は軽く座れそうだ。

だが今休憩所にいたのは俺たちを除いて二人だけだった。がらんとした中で、俺たちは適当な席に座る。

「よう、お疲れ」

不意に声をかけられ、俺は振り向く。

見た目からすると、三十代前半の男と二十代後半の女か。二人とも軽装で、くつろいでいるようだ。

「あ、はい、お疲れ様です」

「お疲れ様ですーっ」

前世十八年ほど日本にいたせいで、見知らぬ相手にいきなり話しかけられるのは未だに慣れない。フレンドリーと言われるアメリカの人だったらこんな感じなのだろうか。

ヴェルの顔を見た二人がピキッと体を強ばらせるが、先に我に返った女が、男の太ももを強く抓《つね》って何か囁き、俺たちとの会話は続けられた。

「いっつ!?……お、おおう、お、俺はオルバだ。で、こっちがエスティア」

「俺はレンデリック、彼女はヴェロニカです」

「ヴェロニカです。よろしくお願いしますっ」

「おお、レンデリックとヴェロニカか。噂は聞いてるぜ、今日ギルドにいた男どもが何やら騒いでやがったからな。何でも期待の新人《ルーキー》らしいじゃないか。……ああ、俺たちか？　俺たちは見ての通り、どこにでもいるしがない冒険者だよ」

ワッハッハ、とオルバと名乗った男は笑うが、しがないという割には相当の実力者に見える。エステティアという女性も同じだ。だがそっと使ってみた【鑑定】で見えるステータスには、なぜか名前しか表示されない。

「……ねぇ」

うーん、どういうことなのだろうか。【鑑定】スキルは、確か読み取れる情報に限界があるという話だったが、それなのだろうか。でも父様と母様のステータスはばっちり見えたよな。

「……ねぇ、レンデリック」

何度か名前を呼ばれたことに気づくと、目の前にエスティアの顔があった。細い輪郭にパーマのかかった赤毛のショートヘア、そして猫みたいな黄色の瞳。

美人なのだがどこか疲れた顔をしていて、綺麗とも可愛いとも違う、ミステリアスな雰囲気だ。顔をじっと見ていたらジロッと睨《にら》まれた。名前を呼ばれていたのを思い出し、慌てて返事をする。

「は、はい！」

「あんたさっき、何か変なことした？」

「え⁉　変なことって……レン、エスティアさんに一体何したのっ！」

ヴェルに服の裾《すそ》を掴まれ、じっと見つめられてしまうが、心当たりはない。

「え……？　特に覚えは……」

「……そう、なるほど、知らないのね。あんたさっき私たちに、魔法とかスキルとか使ったんじゃないの？」

変なことって……【鑑定】か！　怒っていたヴェルも、察したのか申し訳なさそうに上目遣いに俺を見てしょんぼりしている。

「えーと、あ、はい、【鑑定】を使いました」

誤魔化してもこの人には軽く見破られそうで怖い。あの猫みたいな目で見つめられると、嘘なんてつけそうにない。

「なるほどね。妙な感じがしたから。休憩中も用心のために外界からの干渉をシャットアウトしてたんだけど、あんただったのね」

確かに勝手に人の情報を覗こうなんて失礼だ。普段目についたものは何気なく【鑑定】で確認するくせがついていたから、そういう常識をすっかり忘れていた。

「申し訳ありま……」

「あぁいやいや、エスティアは別に責めてるわけじゃねえ。別に【鑑定】は悪いことではないし、他人の情報を知ろうとすることは冒険者にとって当然だ」

……え？

謝ろうとしたら、なぜか止められた。

「俺はエスティアのようにスキル【干渉妨害】を持っていないから気づかなかったんだがな。エスティアは俺への干渉もシャットアウトしてたんだよ。……で、エスティアがお前にいろいろ喋りかけるのは、単に興味があるからだ。こいつ、実はかなり人見知りだからな、だろ、エスティア」

「……まあね、人見知りってのは否定しないわ。……で、私があんたたちに興味を持ったのは、あんたたち見た目と実力が全然一致しないからなのよね。期待の新人というから、どんなものかなと思ってたけど、想像以上ね。……レンデリックは肉体的にはかなり大人に見えるけど、実際はまだ成人もしてなさそうじゃない？　ヴェロニカは言わずもがなね」

「なぜ俺が成人していないと？」

「そりゃあ……じっくり見たらなんとなくわかるわな、まだまだ青いってな」

「ええ、そうね。【鑑定】も要らないわね。特にヴェロニカは……ごめんヴェロニカ、幼いと言ってるわけじゃないのよ？　でも雰囲気とかですぐわかるのよね。見た目と中身のギャップが」

……そんなものだろうか。少なくとも俺は【鑑定】なしでは無理だな。

……それにしても何者なんだろう、この人たちは。少なくとも悪い人たちではなさそうだけど。

「ワッハッハ、納得してない顔だな。なに、こういうのは歳を取れば自《おの》ずと身につくもんだ。……まあしかし、エスティアはお前らを大層気に入ったみたいだな、特にレンデリック、お前の容姿が」

「え？」

「はぁ!?　死ね！　死ね！　百万回死んでから、もっかい死ね!!」

「おお？　すまんすま……あんぎゃあああ!!　そ、それはアウト、アウトだやめろ馬鹿!!」

いきなり顔を真っ赤にして激昂《げきこう》したエスティアはオルバの腹をグーで殴るが、鍛え上げられた腹筋にグーパンは効かず、今度はオルバの向こう脛《ずね》を蹴った。

痛みにのたうち回るオルバを、エスティアは「ハン」と見下した。そして慌てた表情になって俺を見る。

「容姿は関係ない、関係ないから！　そ、そうだ私たちと一緒に、ハーガニーに戻らないか!?」

晩飯でも奢《おご》るから!!　と言われたので特に断る理由もなかったし、何より目の前のエスティアが可哀想に思えてきたのでＯＫした。それに人脈を広げることは大事だからな。思いっきり脛を蹴られたオルバには同情するが。

しばらくしてオルバも回復し、休憩所を出ると、陽はもう沈みかかっていて辺りに長い影を落としていた。夕焼けに照らされて、緑色の草原が赤みを帯びている。

「よーし、んじゃハーガニーに戻るとすっか」

そう言って、俺たちのあとに休憩所から出てきて伸びをするオルバの背中には、斧があった。

「オルバさんって、斧使いだったんですね」

「ああ、そうだ。で、エスティアは……」

「魔法使いかなっ？」

オルバが言う前に、ヴェルがエスティアの風貌《ふうぼう》からそう推測した。

「そうよ、見ての通り、魔法使いよ」

そう頷いたエスティアも伸びをする。

しっかりとした装備に着替えたオルバは、重戦士のような鎧《よろい》と、自身の身長ほどもある斧を持ち、エスティアは黒のローブと、同じく身長ほどの杖を持っていた。

「んで、お前らの得物《えもの》はなんだ？　見たところ何も装備していないようだが？」

「俺もヴェルも、拳がメインですよ。今は素手ですけど、そのうちしっかりしたナックル系の武器を使いたいですね」

「ほーお、ナックルねぇ……って、ナックルぅ!?　待て、お前、『今は素手』って言ったか!?」

「はい……それが何か？」

「バッカじゃないの、あんたたち。そんなんで、素手が通じない相手と出遭ったらどうするのよ。今日はたまたま何もなかったかもしれないけど、いつかそういう敵と戦う可能性もあるのよ？」

確かに。

「翔狼拳」はオーラが敵に触れると、まるで本物の狼が襲いかかったかのような威力で、正直、その辺の武器屋で売っている鈍《なまく》ら刀より切れ味がいい。拳闘術で切れ味というのも変な話だが、翔狼拳は殴打ではなく狼の牙や爪による斬撃によるダメージを模した攻撃方法なのである。

だから大丈夫だと思ったのだが、翔狼拳でもまったくダメージを受けない敵もいるかもしれない。

ナックル系武器はスキル【王級工房】で作ればいいのだが、いかんせん素材が少なすぎて、満足のいく武器は作れそうもなかった。だから多少品質が悪くても、早めにどこかの武器屋でナックル系武器を買ったほうがいいかもしれない。

今までずっと素手だったから、ハーガニーにちゃんとした武器屋があるというのに、忘れて寄らずにクエストに出てしまった。これからはちゃんと計画を練ろう。今回の件は猛省だ。

「んじゃ、ハーガニーに着いたら、俺がお薦めの武器屋に連れてってやるよ。そこの親父とは仲いいからな、任せとけ」

「かなり信頼できる店だぜ、エスティアもよく行ってるよな？」とオルバは続ける。この二人のお薦めなら、期待していいだろう。

「いいんですか？　ならお願いできますか？」

「ああ、もちろんだ」

そう言ってオルバは豪快に笑った。

†

ハーガニーに戻った時には辺りもずいぶん暗くなっていた。夕食にはまだ少し早い時間だが。

俺たちはハーガニー北門から入って、そのまま東通りまで歩いていった。

「先に武器屋のほうに行くか？　まだ閉店してないと思うからな。早めに行ったほうがいいだろう」

「……じゃあ、先に武器屋に行きたいですね」

「お願いしますっ」

俺とヴェルはそう言った。

後回しにして閉まってしまったら明日になるし、オルバたちが明日もつき合ってくれるかはわからないから、今日中に済ませておきたい。

「おう。武器屋はギルドと同じこの通りにあるから、まず武器屋、それからギルド、んで飯な」

「なら、私は先に『火竜の酒場』に行って席を取っとくわよ。あそこほんと、人気だから」

エスティアは通りの少し先の、それらしい建物を指してそう言い、オルバの返事も聞かずにすたすたと行ってしまった。

そんなエスティアには慣れっこのようで、オルバは彼女を見送りながら言った。

「……んじゃ、俺たちも行くか」

ロイムにも武器屋はあったものの、小さい店だったから、今から行く店が楽しみだ。

防具も買っとかなきゃな。でも、さっさと素材を集めて【王級工房】で防具を作れるようになりたいものだ。


東通りを東門方向に歩いていくと、左側に麦穂亭が見えてきた。夕食にはまだ少し早い時間なのに麦穂亭の食堂は多くの冒険者で賑わっていた。

麦穂亭の夕食がおあずけなのは残念だが、「火竜の酒場」はハーガニーで一番飯の美味い酒場らしいから、まあいいか。

麦穂亭を過ぎて少し行った左側に、剣と槍の看板を掲げた店があった。店内は明かりが点いていて、まだ営業しているようだ。

「さあ、着いた着いた。まだやってるな」

外開きの木製のドアを開けると、中からむわっと金属や革など色々な匂いがした。正直言って、あまりいい匂いではない。ヴェルも涙目で鼻をつまんでいる。

「ううっ」

「嬢ちゃん大丈夫か？　臭いだろ、ここ？　まあ、すぐ慣れるから勘弁してくれな」

「だっ、大丈夫ですっ」

「臭い店で悪かったな、オルバ」

カウンターの向こうから、男がオルバを睨んでいた。

背は低いが強靭《きょうじん》そうな体つきで、豊かな髭《ひげ》を蓄《たくわ》えている。

――鍛冶《かじ》の民、ドワーフ。

ハルヴェリア王国南西に聳える山脈のさらに南に巨大な火山がある。そこがドワーフの自治領だ。ドワーフの天職とも言える鍛冶には、精錬や加工のための高熱炉が不可欠で、最も上質の炉が火山というわけだ。

その自治領を旅立って、鍛冶屋や武器・防具屋を営むドワーフが世界中にいるらしく、このドワーフもその一人なのだろう。

「おお、おっちゃん、久しぶりだな」

睨まれているのを気にもせず、オルバはドワーフに親しげにそう言う。だが、ドワーフはオルバを睨み続けている。

「……何しにきた？　まさか、若造連れて臭い臭いと言いにきただけか？」

ドワーフはカウンターから出てきて、フンと鼻を慣らし不機嫌そうに腕を組んだ。

「んなわけねーだろ、おっちゃん。今日はこいつらに武器を少しな。さっきクエストの帰りに会ったんだけどよ、こいつら武器を持ってなかったんだぜ。じゃ何使ってんだ？　って聞いたら、『素手』だとさ」

ドワーフの瞼《まぶた》が少し動いた。オルバはそれを見逃さず、ニヤリと笑った。

「ワッハッハ、おっちゃんも見りゃわかるだろ？　こいつらただのガキじゃねぇってな。……ほら、興味湧いてきただろ？　俺が言いたいのは、今のうちに投資しとこうぜってこった」

「ふん、投資なんてもの、儂《わし》は嫌いじゃわい。だがな、その若造からただならぬ気配を感じるのは事実。……いいだろう、武器は作ってやる。だが期待はするなよ」

そう言って、ドワーフはその太い人差し指をオルバに向けた。そして俺とヴェルにこう忠告した。

「期待はするなってのは、こやつの紹介であっても料金をまけてやる気はないってことだ。それに、儂は防具は一切作らないからな」

ふん、とドワーフは鼻を鳴らして言った。だが俺は、安くしてもらおうなんて考えていない。この世界では値切るというのは一般的みたいだが、オーダーメイドの武器を値切るなんて聞いたことがない。

……「防具は一切作らない」というのはよくわからないが、武器作りにプライドがあるのかもしれないな。いかにも頑固そうだし。

「ええ、はじめから、まけてもらうつもりなんかないですから」

「……ふん、なら作ってやる。希望の得物は？」

俺は左手で自分の右手の甲を叩いた。

「ナックル系の武器を。ヴェルは……」

ヴェルが自分で答える。

「私は素手でいいので、武器はいらないです。そのかわり、レンの武器を凄く強く作ってくださいっ」

「おーおー？　お嬢ちゃん、いい子じゃねえか、なぁ」

ヴェルが自分はいらないと答えるのは、ほとんどわかっていたけど。

でも、俺の武器をもっと強くして、なんて言ってくれたのは純粋に嬉しかった。

「……拳闘術か」

ふいにドワーフが呟くと、オルバが思い出したようにポンと手を打った。

「そうだった、な、面白えだろ？　若いのに、剣でも槍でもなくて自分自身の拳が武器だなんて奴はそうそういねぇぞ？　俺の勘が言うんだ、こいつらは絶対に大物になるってな」

「なるほどな、滅多に新人に手を貸そうとしないお主が、これほどまで肩入れする理由がわかったわい。……おい、ナックルをつける方の手を出せ」

そうドワーフに言われ、俺は両手を突き出した。

「両方か……片手の倍かかるが、構わんな？」

頷くと、ドワーフはじっと俺の両手を眺め始めた。サイズを測っているのだろう。

定規《じょうぎ》を使わなくていいのか……と考えていると、横からオルバが教えてくれた。

「このおっちゃんはそういう奴なんだよ。目で採寸できるんだわ。だから俺は、武器より防具作りに向いているんじゃないかと言ってんだけどな」

「ふん、武器屋が防具を作り始めたら、そいつはもう武器屋ではない。儂は己の生涯を武器に捧げると決めたのじゃ。防具など、儂にしてみれば邪道よ」

「はいはい、おっちゃんは武器屋が合ってるよ」

呆れたようにオルバが肩をすくめた。こんなやりとりを何度もしてきたのだろう、オルバもすぐに引き下がる。

採寸が終わったのか、ドワーフが言った。

「……三日後に来い。お主が満足いく得物を作っておいてやる」

「わかりました」

「ありがとうございますっ」

「それじゃあ用も済んだことだし、ギルドに依頼完了の報告をしに行くか」

そう言ってオルバが店を出たので、俺たちもドワーフにペコリと一礼して店をあとにした。

†

ギルドはクエストから戻ってきた冒険者でいっぱいであった。俺たちはその人ごみを抜けて報告カウンターに並んだ。

カウンターは空《す》いていて、ほとんどの冒険者はもう報告を済ませて換金所で素材を換金したり、談笑したりしていた。

だから俺たちの番もすぐやってきた。

「はーい、次の人ー。……あら？　レンデリック君とヴェロニカちゃんじゃない」

カウンターには、レヴィーがいた。この時間帯は依頼受注カウンターではなく、報告カウンターを担当しているのかな。

それにしてもいつの間にか「君。ちゃん」付けになっている……まあ、友好の証《あかし》だろう。

じゃあ、俺もそう呼ぶか。

「はい、お疲れ様です、レヴィーちゃん」

「何言ってるのよ」

「あいた」

即座にレヴィーの拳骨が飛んできた。いてえ。

さすがに調子に乗りすぎたか。

「でー、依頼完了の報告かな？」

「そうですね、はい」

俺はアイテムボックスからハイデン草二十株を取り出してカウンターに置き、ギルドカードをレヴィーに手渡した。

カードをスキャンするだけで実績が確認できるのだ。

つくづく、この世界は進んでるなぁ。

「おー、ほんとに三つのクエストを一日でクリアしてくるとはね。キミたち、なかなか見所あるじゃない……といっても、まだFランクの依頼なんだからつけあがらないように！」

「わかりました。自分の力量に見合ったクエストをこつこつこなしていきます」

「うん、そうね。……はい、ギルドカードと今回の報酬よ。本日はお疲れ様でしたー」

レヴィーからギルドカードとお金を受け取る。

カードの実績情報はギルドにも残される。

こうして貯まった実績によって、冒険者がランクアップできるかを決めるんだったな。

「ありがとうございました」

「レヴィーさんもお疲れ様ですっ」

そう挨拶した俺たちは換金所に寄り、使い道のない低質な魔核を現金に換えてもらって、ギルドを出た。


ギルド内は混み合っていたため、オルバとは外で待ち合わせることにしていた。

しばらくすると、オルバが出てきた。

「すまんすまん、待たせたな」

「いえ、俺たちも今来たばかりです」

「ですっ」

「そうかい？　それじゃ、酒場でワイワイといこうか」

「そうですね、あんまりエスティアさんを待たせたら悪いですからね」

「えーと、火竜の酒場はあっちだったよね－？」

ヴェルがさっき来た道を指した。

オルバが答える。

「おう、すぐそこだ」

もうすっかり食事時で、通りに並ぶ屋台も賑わい、食欲をそそる匂いがあちこちから漂ってくる。

俺たちは人ごみの中を西に向かって進み、火竜をかたどった看板がでかでかと掲げられた「火竜の酒場」にたどり着いた。

木製の扉を開けて中に入ると、奥の方で手を振っているエスティアをすぐに見つけた。

「なんとか座れたみたいだな。ここは人気すぎて席が取れないなんてのもザラなんだが、今夜は幸運だったたな」

そう言いながらオルバはエスティアの隣に座り、俺たちにも促した。

「んじゃー、早速酒だな！　親父、エール二つとつまみ人数分！　あと、こいつらには柑橘《かんきつ》の搾《しぼ》り汁！」

てっきり酒を飲まされるものと思っていたが、そこは配慮してくれた。

柑橘の搾り汁、簡単に言えばオレンジやレモンのミックスジュースである。

ハーガニーで最も美味い酒場というのだから……期待できそうだ。

すぐに飲み物とつまみが運ばれてきた。

「よし、じゃ酒も来たし乾杯すっか。……ゴホン、レンデリックとヴェロニカの初クエストが無事完了したことに、乾杯！」

「「「乾杯！」」」

ジョッキを掲げ、ぐびっと一気に喉に流し込む。

ぷはぁ、うまい！

「ふはぁ、いい一日だったねぇ。……こんな平和な日が、続いてくれたらいいんだけどねぇ」

上唇にエールの泡をたっぷり付けたエスティアがしみじみと呟いた。

……まるでこれから何か起こるかのような口ぶりだ。

「……平和は続かないと？」

「……いや、そういうわけじゃない……。だが最近、どうしてだか魔物が活発になってな……人里を襲ったりしてるんだ。五年くらい前だが、ロイムにファングウルフの群れが現れたりな。その時は幸い大きな被害は出なかったらしいが」

ファングウルフ……。俺とヴェルは互いを見合わせた。

「……ロイムの件は、有名なんですか？」

「ああ、けっこうな。……何だ、ロイムに縁でもあるのか？」

「いえ、俺の実家がロイムってだけです」

「へぇ、あそこには『ハーガニーの守護者』と『ハーガニーの聖乙女』がいるだろう、冒険者の間じゃあの二人は伝説みてえなもんだ」

「……そうなんですか」

俺はそこでぐびっとジュースを呷《あお》る。

親の凄さは知っていたが、他人から褒められるとなんとなく気恥ずかしくなってしまう。

それを隠すために、もう一度ジュースを口に含んだ。

「それだけじゃねえ、魔貴族の出現情報も頻繁に出ているんだ」

「魔貴族って？」

「ああ、簡単に言えば知性を持つ魔物だ。そこらへんのゴブリンが持っているような知能じゃねえ。言葉を話し、武器や魔法も操る、人間に限りなく近い厄介な野郎だわな」

「人間に限りなく近い？」

俺とヴェルは再び目を見合わせた。ヴェルの見た目は完全に人間だ。ということは彼女も魔貴族の可能性がある……？　それに、ヴェルのような魔物が、他にもいるのだろうか？

「……あー、ゴホン！　悪い悪い、祝いの席なのに辛気臭くなっちまったな。仕切り直しだ！　ガンガン飲むぞ！　夜は始まったばかりだからな！」

オルバが再びジョッキを掲げ、俺たちもそれに続く。

そうだ、俺たちの初クエスト達成を祝う席だもんな。

よし、今夜はとことん飲むぞ！

†

大いに飲んだ俺たちだったが、夜も遅くなってきたのでお開きになった。

お代はオルバとエスティアの奢りだった。俺も払おうとしたところ、誘ったのは自分たちだからと受け取ってくれなかった。

いつか今度は俺が奢る側になりたい。

酒場を出ると、少し冷たい夜風が、火照《ほて》った体に気持ちいい。

もちろんお酒は飲んでいないが、食べたり喋ったりしていたら、神経が高ぶって興奮してしまった。

「今日はなかなか楽しかったぜ」

「有意義な時間だったわ」

勘定を済ませたオルバとエスティアもあとから出てきた。今日はもうお別れだ。

楽しい時間を過ごせたし、冒険者の話も聞けたのだが、正直まだまだ話し足りない。

特にダンジョンの話は面白くて、もっともっと聞きたかった。

ダンジョンについては父様の書斎にあった本で多少は知っていたが、やはり現役の冒険者の体験談は鮮烈で、本では味わえない生きた情報があった。

オルバとエスティアの話によれば――。

ダンジョンは世界各地に存在し、そのほとんどが火山の地下にあるらしい。一説には、マグマのエネルギーがダンジョン形成に重要な役割を果たしているのだとか。

ダンジョンの奥には巨大な魔核があって、それが放つ瘴気《しょうき》が次々と魔物を生み出すため、ダンジョン内部は魔物で溢れ返っている。

だが、魔物が多いということは、そこが素材の宝庫であることも意味する。

ここハーガニーの遥か南に位置する王都ヴェリア。その西を縦に走るアルデバラニア山脈を越えると、大砂漠アバンチュールが姿を現す。

砂漠の先には海が広がっており、その海に突き出た島のような半島が、ヴェルデラ半島だ。

ヴェルデラ半島は至る所に火山がある。つまりダンジョンが多いことを意味する。

必然的に、ダンジョンを求める冒険者が集まり、冒険者目当ての商人が集まり、武器屋、防具屋なども集まって、やがて都市になった。

都市は近海を通るネルゲン寒流にちなんでネルゲンリッツと名付けられた。

それが、約五世紀前の話、だそうで。

五百年経った今も、ネルゲンリッツは夢と希望に溢れた冒険者から、金稼ぎ目的の商人まで、様々な人々で賑わっているらしい。

オルバ、エスティアも、かつて何年もネルゲンリッツで暮らしていたそうだ。

閑話休題。

「んじゃな。また飲もうぜ」

「じゃ、あんたたちもいい夜を。今日はお疲れ様」

オルバとエスティアが別れの言葉を口にした。

「オルバさんもエスティアさんも、お疲れ様でした」

「また会えるのを楽しみにしてますっ」

そして俺たちは解散した。

オルバとエスティアは北通りに住んでいるらしく、俺たちとは帰り道が反対だった。

二人が中央広場の方に歩いていくのを見送ってから、俺たちも宿に帰った。

宿屋の扉を開けると「シャラシャラン」と鈴が鳴った。客の出入りを示す合図である。

「いらっしゃい、……おや、レンデリックとヴェロニカじゃないか。おかえり、遅かったね、さてはクエストに行ってきたね」

女将さんが出迎えてくれた。

「ただ今戻りました。はい、クエストしてきました」

「ただいまですっ」

「どうだった、初めてのクエストは？　なかなか大変だったんじゃないのかい？」

「ええ、でも俺もヴェルも怪我もなくこなせました」

「そうかい、無傷かい。やるじゃないか。……で、夕飯は食べたのかい？　まだなら、もうこんな時間だから、軽いものしか作れないけど」

「いえ、外で食べてきました。すみません」

「なーに、冒険者はえてしてそういうものだからね。謝ることはないさ。……じゃ、もう寝るだけかい？」

「そうですね」

「そうかい、おやすみ。いい夜を」

「女将さんこそ、いい夜を」

「おやすみなさーい」

女将に挨拶をして、階段を上り鍵に示された番号の部屋に入る。

広さは普通のファンタジー世界の宿屋って感じか。ツインベッド、洋服タンス、鏡、シャワー室、洗面所、そして……なんとトイレ！

麦穂亭がますます気に入った。ウォシュレットがないのは淋《さび》しいが。

……いつか自分の家を建てたら、トイレはウォシュレット付きにしよう。

俺はそう決意した。

STATUS

名前：レンデリック・ラ・フォンテーニュ

年齢：13 歳

職業：冒険者

種族：人間

特殊スキル：〈テイムマスター〉〈創造王〉〈体術王〉〈極限突破〉〈王の系譜〉〈冥界の加護〉〈男は拳で語る〉〈牡のフェロモン〉〈絶倫〉

一般スキル：【テイム Lv 2】【鍛冶】【錬金】【調合】【建築】【王級工房】【鑑定】【指揮】【暗黒魔法 Lv 5】【暗闇可視化】【混沌魔法 Lv 5】【煉獄魔法 Lv 5】【次元魔法 Lv 2】【中級拳闘術 Lv 1】【甘いマスク】【精力回復】

STATUS

名前：ヴェロニカ

年齢：外見 13 歳

職業：冒険者

種族：？？？？（腐食スライム）

特殊スキル：〈腐食スライム Lv 4〉〈回復師〉

一般スキル：【中級水魔法 Lv 4】【中級回復魔法 Lv 4】【柔軟】【触手変形】【腐食】【強酸】【吸収】【物理ダメージ 40%カット】

装飾品：月の紋章の髪飾り、花冠

第五章　殺戮の赤帽

朝の日差しが瞼《まぶた》越しに感じられて、俺は目を覚ました。

「あ、レン、おはよー」

先に起きていたヴェルが、隣で横になってニコニコしながら言った。

「おはよう、ヴェル」

ベッドから下りて洗面所で冷たい水で顔を洗い、普段着に着替える。

「今日はどうするのー？」

「そうだなぁ……ギルドでまた依頼を受けようと思うんだけど、とりあえず依頼書次第かな」

ギルドの依頼書は毎日のように更新される。だからどんなものがあるか、まずは行って確かめたい。

俺は窓を開けて朝の心地よい涼しさを感じつつ、んんっと伸びをした。同時にコンコンッと誰かが部屋の扉をノックした。

「はーいっ」

ヴェルが元気いっぱいに返事をする。

「朝ごはんの用意ができました！　早めに食堂にまで来てくださいね！」

若い女の声が返ってきた。

女将さん以外にも働いている女性がいたのかと少し驚いたが、それより飯だ、飯。ここの飯はくっそ美味いから楽しみだ。

「ああ、すぐ行く」

わかりました！　とまた元気な声が返ってきて、それから階段をバタバタと下りる音が聞こえた。


「おや、おはよう。夕べはよく眠れたかい？」

食堂につくと、朝ごはんを皿によそっていた女将さんから声をかけられた。

「ええ、おかげさまで。寝心地のいいベッドでした」

「そりゃよかった。あれはハーガニーの職人さんが拵《こしら》えてくれた物なんだよ。……ほら、朝ごはんもできてるから、空いてる場所に座ったらどうだい？」

「ええ、そうですね、そうします」

テーブルにつくとすぐに、目の前に朝ごはんが並べられた。

——サラダ、ミネストローネ、三日月型のクロワッサン、ベリーヨーグルト。

典型的な洋食朝ごはんメニューである。

この世界、料理のバリエーションが何かと現代ヨーロッパと似ている。

偶然なのか、それとも食材が似ていれば料理も似るのか……わからないが、それでも見知った料理が出てくるとやはり安心する。

それにしても美味しそうな匂い。「早く食べろ」と俺の脳が指示している。

「では、与えられた天地の恵みに感謝いたします。いただきます」

「いただきまーすっ」

もぐもぐ……。

まずクロワッサンにかぶりつく。それからクロワッサンを小さくちぎって、ミネストローネに浸して口に入れる。

サラダは色とりどりの野菜で作られていて、ドレッシングがしっかり染み込んでいるのにもかかわらず、シャキシャキと瑞々しい歯ごたえがある。

極めつきはベリーヨーグルト。

ヨーグルトの白とベリーの赤紫のコントラストが美しい。見た目だけでなく、それぞれが引き立て合って絶妙な味を作り上げているのだ。

……うまい。

「おいしーいっ！」

ヴェルも幸せそうだ。

やはり、この宿の飯は最高だな……。

しばらくして二人とも食べ終わった。俺は、気になっていたことをふと思い出し、女将さんに聞いてみる。

「女将さん、さっき部屋に来てくれた女性は、女将さんじゃないですよね？　ここで働いている女性は他にもいるんですか？」

テーブルを拭いていた女将さんが振り返って言う。

「ん？……ああ、それは私の娘だよ。気になったかい？　なら、ちょっと呼んでくるから待ってな」

女将さんがキッチンの奥に向かって呼びかけると、女の子がトコトコ出てきた。

予想していたよりかなり若くて驚いた。

ヴェルと同じくらいだろう。

金色の髪に灰色の瞳で顔立ちも整っている。可愛いと素直にそう思えた。

「レンデリック、この子が私の娘だよ。ほら、ネーファ、挨拶挨拶」

「は、はい！」と、突然の事態に慌てているらしい目の前の少女が大きく返事をした。

「え、えーと、初めまして、ネーファと申します！　ここでお手伝いとして色々とがんばってます！

夢はここを継ぐことです！」

「ああ、ネーファ、俺はレンデリックだ。よろしくな」

「私はヴェロニカ、ヴェルって呼んで欲しいなっ。敬語もいらないよ、同い年くらいだと思うし」

ヴェルの言葉を受けて、ネーファはチラッと女将を見た。女将が、わかっているとでも言うように大きく頷く。

「じゃ、じゃあ！　私と、お友達になってくれませんか？」

そう言って少し顔を赤らめるネーファ。

「もちろん。なら、俺のことはレンでいいよ。見えないと思うけど、俺、十三歳だからさ、ネーファと同じだよ」

「そ、そうなんですか！　……あれ？　なぜ私の年齢を……？」

や、やべえ……さっきつい使ってしまった【鑑定】で得た情報を言っちゃったよ。

どうしよう、と一瞬焦るのだが、ヴェルが助け船を出してくれた。

「だっ、だって、ネーファ、私と同じ年齢にしか見えないよ？　背もほとんど同じじゃない！」

「……なるほど！　なら私も、レンくん、ヴェルちゃんと呼びますね！」

「ああ、よろしくな、ネーファ」

「ネーファ、よろしくねー」

ネーファは嬉しそうに微笑んで、目には少し涙が滲んでいた。

「この辺りにはあまり同年代の子がいなくてね。よかったら仲良くしてやってちょうだい」

そう言って女将がネーファの頭を撫でた。

言われなくても、そのつもりだ。

俺も、ロイムでは同年代の子があまりいなくて、ヴェルがいなかったらきっと寂しかったと思う。

だから、ネーファの気持ちがわかる気がする。

この少女には人を和《なご》ませる不思議な力がある。スキルのようなものではなく、その人が生まれながらに持っている雰囲気みたいなものだ。

案外ネーファの存在が、この宿の人気の一因かもしれない。

ネーファは嬉しそうな顔をして、キッチンに戻っていった。


食堂を出たところで、ネーファが小走りで寄ってきた。

「あ、あの！　レンくんもヴェルちゃんも、ハーガニーに来てからまだ二日目ですよね？」

「ああ」

「うん、そうだよー」

ネーファはほっと一息ついて、言った。

「あ、そ、それでですね！　え、えーと、あ！　わ、私に！」

早口でつっかえながら何かを伝えようとするネーファは何とも微笑ましいのだが、ちょっと慌てすぎである。

「ネーファ、落ち着け落ち着け、まず深呼吸だ」

俺がそうアドバイスすると、ネーファは赤らめた顔を両手で覆い、しばらくして手を離して、すー、はー、すー、はー、と深呼吸を始めた。

「……ふぅ、ごめんなさい。私、どうにも慌てる癖があるみたいで」

そう言ってえへへ、とネーファは恥ずかしそうに頭を掻いた。

そしてゴホンと咳払いをして、胸に手を当てて落ち着いた口調で言った。

「……私に、ハーガニーの街を案内させてもらえませんか？」

嬉しい提案だった。

ギルドで何か依頼を受けようと思っていたのだが、この街にはしばらく滞在するだろうから、早めに街の様子を知りたいとも考えていたからだ。

まだ麦穂亭とギルド、火竜の酒場、それとドワーフの武器屋しか知らないからな。

「ああ、それはありがたいな。ぜひお願いしたいな」

そう答えると、ネーファの顔がパァッと輝いた。

「ほ、ほんとうですか!?」

「もちろんだよ、ネーファちゃんっ！」

ヴェルもそう言い、ネーファは「やったぁー」と喜んだ。

そんな俺たちの様子を、食堂から男が黙って見ているのに気づく。

右手にスプーン、左手にクロワッサンを持ったまま、俺達の方を見ている。

その男は俺たちの話がひと区切りつくと、立ち上がって声をかけてきた。

「やあ、ネーファちゃん……それと、レン君にヴェルちゃんだったかな？」

男はニコニコと人当たりのよい笑顔をしている。

「あ、ローレンさん！　何かありましたか？」

ネーファがそう訊ねると、ローレンと呼ばれた男は苦笑した。

「ああいや、別に用があるわけじゃないんだけどね。レン君とヴェルちゃんとは同じ釜《かま》の飯ならぬ、同じ鍋《なべ》のスープを食べた仲間だから、挨拶でもと思ってね」

「おや、ローレン、あんたが声をかけるなんて珍しいね。この二人にはあんたも何か感じるかい？」

話を聞いていたのか、皿を下げていた女将さんが会話に参加してきた。

「うん、そうだね」

「へえ、やっぱり。珍しいと思ったんだよ。……あと、あんたにはレンデリックたちとは別の鍋のスープを出したんだけどねぇ」

そう言って女将はアッハッハと笑った。

「あっ、そ、そうなんだ……」

ローレンはそれを聞いてまごついた。

同じ鍋のスープを食べた仲間だと思って話しかけたら、実は別の鍋のスープだったと言われたら、確かにちょっと恥ずかしいかもしれない。

俺とヴェルはローレンが気の毒で、場の空気を変えようと別の話題に切り替えた。

「そ、そういえば、自己紹介しましょう、自己紹介。……ゴホン、俺はレンデリックで、こっちはヴェロニカ。二人とも十三歳で、ロイム辺境伯領から来ました。昨日ギルドに登録したばかりで、まだ駆け出しのFランク冒険者ですけど、上を目指してがんばりたいです」

そう言ってお辞儀をした俺を見たあと、ヴェルに目を移したローレンはなぜか一歩後ずさった。

ヴェルの顔やスタイルに見とれて硬直したり、二度見したりする人はよくいるのだが、この反応は新鮮だった。

「……？　どうしたんですか、ローレンさん？」

理由が知りたくて思わず訊ねると、ローレンは気まずそうな顔になった。

「い、いや、さっき遠目でもすごい可愛い子だなとは思っていたんだけどね。今近くで見たら予想以上というか、これほど綺麗な子はハルヴェリア中を探しても見当たらないと思うんだ。いや、遠目で可愛いかったら、近くならもっと可愛いと気づけばいい話だったんだけどね……」

なぜか心情をありのままに告白するローレン。

俺とヴェルは「は、はぁ……」と困ったようにローレンを見続けるしかなかったが、女将さんがため息をつきながら言った。

「あのさぁ、ローレン。あんたレンデリックの前で、ヴェロニカに可愛い可愛いなんて言ったら駄目じゃないか。ヴェロニカはレンデリック以外の男にこれっぽっちも興味がないみたいだからいいものの、これが別のカップルだったらあんた殴られてるよ」

「も、申し訳ない……」

そう謝るローレンだったが、女将さんはさらに続けた。

「あんた四十にもなったんだから、少しは考えな。今の話奥さんに聞かれてたら、最悪離婚されて身の破滅だったよ。自分のためにも今後は気をつけな」

そう言って、女将さんは笑った。


しばらくして、気分が落ち着いたローレンが自己紹介をした。

「えーと……何か女将さんの視線が痛いけど、とりあえず自己紹介だね。僕の名前はローレン。姓はないよ。平民育ちだからね。年齢は四十、普段はハーガニー守備兵団団長として働いているけど、今日はオフで麦穂亭の料理のためだけにここに来たって感じかな」

と、ここまでローレンが喋ったところで女将さんが口を挟む。

「ローレンは四十歳にしてはこんなに頼りない風貌だし、うっかり余計なことを言うけど、能力だけは無駄に高いからねえ、無駄に」

「女将さん、なぜ二回言うんだい……」

女将さんはローレンの言葉は完全にスルーして、一切ローレンを見ようとしない。

……なかなか手厳しいなぁ。

明るい茶色の髪に薄い赤色の瞳が特徴のローレンは、よく見ればしっかりと筋肉が付いているのがわかるのだが、パッと見は一般的な体格だ。

それに、髪はぼさぼさだし、無精髭《ひげ》も生えていて、どこか冴えない雰囲気を漂わせているのだ。

守備兵団団長という肩書きと、ひそかに使ってみた【鑑定】の結果から、能力は本当に高い。人間、見た目で判断してはいけないと、しみじみ感じるのであった。

ローレン
冒険者ランク：A
ATK：7299
DEF：4250
SPD：6357
MP　：4887
LUK：2587

なんとAランクである。

しかしまったく強そうなオーラを感じ取れないあたり、おそらく上手く隠しているのだろう。

「ひどいなぁ、女将さん。頼りなさそうな守備兵団団長って思うのは自由だけど、市民が不安になるから、せめて他のお客さんがいる所では言わないで欲しいなぁ」

「何言ってるんだい、あんた。そんなの、あんたが団長に任命された翌日には、みんな言ってたんだよ」

「えっ」

愕然《がくぜん》としたローレンは、重力に身を委《ゆだ》ねて膝から崩れ落ちた。

……豆腐メンタルだなぁ、この人。

まあ【鑑定】で能力の高さを知った俺には、少なくとも戦場では信頼できる人だと思えるが。

「ところで……守備兵団団長って、どういう役職なんですか？　団長ってことはかなり偉いんでしょうけど」

床に伏しているローレンを横目に、俺は女将さんに質問した。

「ああ、そういやあんたたちまだハーガニーに来て二日目だものね。守備兵団っていうのはハーガニーの正式な軍隊だよ。普段は街の警備をしてくれてるから、とってもありがたい存在さ」

聞けば昨日検問で会った厳つい検問官も、守備兵団員の一人だそうで。

日本でいう警察みたいなものなのかな。

「守備兵団の仕事は他にもあるけどね、滅多に出動の機会はないから……その時になったらわかるさ」

と、女将さんが説明を続けた。

「そういう時には冒険者と行動を共にすることが多いんだよ」

立ち直ったローレンが服に付いた埃《ほこり》をパンパンと払いながら言った。

「もともと守備兵団はハーガニー領主の警護が主な仕事だったんだけど、今はその他の警備なんかもやっているんだ」

そう言ってローレンが説明を締め括《くく》った。

「……そういえばさっき聞こえてきた話だと、今日はネーファちゃんが二人にハーガニーを案内するんだったね。なら僕はここらで退散するとしようかな。女将さん、今日の朝食も美味しかったよ、ではまた」

「ローレンさん、毎度ありがとうございました！」

ネーファが大きな声で言う。

「ではまたって、懲《こ》りないね、あんた。気のせいか、ここに来るたびに落ち込んでないかい？」

「あはは、女将さんにいじられるのは昔からで、正直慣れたから実はそこまで落ち込んでもいないんだけどね」

ローレンは女将さんに勘定を払い、ネーファに手を振って宿屋から出ていった。

「……そろそろ、ローレンいじりの新しいネタを考えておかないとねえ」

女将さんがポツリとそんなことを呟いたが、何も聞こえなかったことにしよう。

今後のローレンが不憫《ふびん》すぎる。

「じゃ、ネーファ、街を案内しておいで。私の仕事も終わったから、こっちは心配いらないよ」

それを聞いてネーファが、大きな笑みを見せる。

「はい、お母さん！　じゃ、ヴェルちゃん、レンくん、行きましょうか！」

ネーファに腕を引かれて、俺とヴェルは街観光に繰り出すのであった。

†

「そ、それで！　どこか行きたい場所はありますか？」

宿屋を出た俺たち。

通りは、まだ太陽が東の空にあるにもかかわらず、人々で溢《あふ》れ返っている。

「うーん、とりあえず、冒険者にとって重要な施設とか、日常生活でよく使いそうなお店とか、かな」

「わかりました！　ところでハーガニー全体の地図は持ってますか？」

「ああ、検問所で貰ったよ」

俺はポケットから一枚の羊皮紙を取り出した。

手描きの地図で、黒のインクで主要な場所や麦穂亭が記されている。

「うーん、ちょっとこれだけじゃ足りないかもです。道具屋などは載っていないので……」

横から地図を覗き込んだネーファが言った。

「ま、何はともあれ善は急げですよね！　では行きましょう！　……えーと、街を見て、そのあと冒険者ギルドに行くんですよね」

「ああ、そうしたいな」

意気揚々と歩き出すネーファを見て、ヴェルが俺に囁いた。

「なんだか……ネーファちゃんの嬉しいって気持ちがとても伝わってくるよっ」

「同年代の子供が少なかったって、女将さんが言ってたからなー。もし俺がネーファだったとしても、嬉しくて案内も張り切っちゃうと思う」

ニコニコと笑顔で大通りを歩いていくネーファを見ると、つくづくそう思う。

「私もだよ？　ネーファちゃんは私にとっても初めての友達だからねっ」

「おいおい……俺は友達じゃなかったのか？」

「あ、いや……違うの、そういうことじゃなくて！　レンは友達以上の大切な存在だから。だ、だから友達とは違うんだよ？」

俺がわざと落胆したふりをすると、ヴェルは焦ってそう言った。

「あはは、冗談だよヴェル。そんなの誰よりも俺がわかってるよ」

「あっ、また私をからかったんだ？　もー怒った！」

そう言ってプイと明後日の方向に顔を向けるヴェル。でもしばらくすると折れることはわかっているので、俺はヴェルの隣でニヤニヤするだけであった。

ハーガニーは二重の壁で囲まれている。

この都市を上空から眺めてみれば、その壁が完全な円を描いていることがわかるだろう。

その円の中心、四本の大通りが出合う地点が噴水広場だ。

ネーファに連れられて俺たちはまず噴水広場にやってきた。

昨日、西門から東通りに向かう途中に通ったはずなのだが、初めて見る街の賑やかさに圧倒されていたためか、この場所はほとんど覚えていなかった。

広場の外側では大小様々な屋台が、香ばしい匂いを漂わせている。

噴水の付近では、交響楽団や放浪の吟遊詩人《ぎんゆうしじん》が日銭を求めて演奏している。

そしてその周囲を見物客が、屋台で買った焼き鳥やフライドポテトを片手に囲んでいるのだ。

だが何よりも特筆すべきは噴水そのものである。

装飾がふんだんに散りばめられた噴水の中央では、水瓶《みずがめ》を肩にかついだ裸身《らしん》の女神像が優しい表情を湛《たた》えている。

その水瓶から流れ出る水が心地よい音を奏《かな》で、飛沫《しぶき》が楽団や吟遊詩人の頭上に小さな虹を作っていた。

「ここがハーガニー中心部、噴水広場です！」

広場の中央でネーファは俺たちに向き直り、誇るように両腕を大きく広げた。

「見ての通り、とっても賑やかな場所で、毎日多くの市民や冒険者で混み合ってますけど、それでも楽しめるのがここの凄いところです！」

そう言って、ネーファは屋台だけでなく、広場に面した建物にも視線を向けた。

広場には屋台の他にも店があり、その多くが飲食店であった。

アイスクリーム屋、パフェ・クレープ屋、喫茶店など……。

涼しさを感じさせる噴水を見ながら冷たいものを食べるのも、なかなか趣《おもむき》深いことだろう。

……そうだなぁ、今度ヴェルと一緒に、ここでアイスクリームやパフェを食べようかな。

ヴェルもきっと喜ぶだろう。魔物との戦闘に明け暮れるのも精神的に疲れるからな……リラックスするには、ここは絶好のロケーションじゃないか。

ネーファに率いられてぐるりと噴水広場を一周していると、ネーファの顔を見た通行人が次々と、嬉しそうな顔をして近づいてきた。

誰だろうかと用心したが、ネーファも彼らに親しげな笑みを返していた。

おばさんに、おじいさん、若い冒険者風情の男など、いろんな人たちが声をかけてきた。

「おや、ネーファちゃん、宿屋の仕事はもう終わったの？」

「ネーファちゃんの元気な笑顔を見ていると、こっちも元気が出てくるのう」

「よう、ネーファちゃん！　また麦穂亭にメシ食べに行くからな！」

彼らを見ていると、ネーファがいかに好かれているかがわかった。

やはりネーファは麦穂亭の看板娘だったか。

「ネーファちゃん、人気者だねぇ」

ヴェルの率直な感想に、ネーファは顔を赤らめてぶんぶんと首を振る。

「そ、それほどでも！　皆さんいい人ばかりで、いつも助けられてるんです。私不器用なので……だから、いつかは私が助ける側になりたいと思ってるんです」

少ししょんぼりしたネーファを励まそうと、俺は声をかけた。

「ネーファは今のままでも十分皆の助けになってるさ。ネーファはネーファらしくしていれば、それでいいんだよ」

「ど、どういうことですかっ？　私には、誰かを助けた覚えは……」

「うーん、まだネーファは知らなくていいかな」

「……？」

この無垢《むく》さがネーファの魅力なんだよな……。

ネーファは意味がわからない、といった顔で首を傾げている。けど、そう、それでいいんだ。

じゃあ街観光を再開しようか。

「ま、気にしないで。それで、別のところも案内してくれないかな？」

「あ、はい！　わかりました！」

「あ、ネーファお姉ちゃん！」

噴水広場から北に向かおうとした俺たちを、高い声が呼び止めた。

振り返ると、幼い男の子が、籠《かご》を抱えて走り寄ってきた。

「あ、レスタくんじゃない、どうしたの？」

俺たちに追いついた男の子は、「ん」と手に持っていた籠をネーファに突き出した。

「これ！　お母さんがネーファお姉ちゃんにって！　おばさんに渡してって言ってた！」

籠の中には様々な種類のふっくらとしたパンが入っていて、焼きたてのいい匂いがした。

「ありがとう、レスタくん」

ネーファがレスタの頭を撫でた。レスタは「そろそろ戻らなきゃ」と言って人混みの中に去ってしまった。

「このパンは？」

俺はネーファに聞いた。

「麦穂亭で出しているパンです。あの子は仕入れ先のパン屋さんの長男なんですよ」

「へぇ」

麦穂亭で出てくるパンは生地が白く、よくある黒ずんだ生地のパンより、圧倒的に美味しいのだ。

いつかそのパン屋さんにも行ってみたいものだな。

俺たちは噴水広場をあとにして、街観光を続けた。

領主をはじめ貴族の邸宅がある北通り、平民たちの住宅がある西通り、ハーグ河に面した港がある南通りの順に案内してもらい、最後に、見慣れた東通りに戻ってきてギルドに向かった。

ギルドの前まで来た時、ネーファが何かを期待するような目で訊ねてきた。

「私の案内はここで終わりですけど……お二人さえよければ、私をギルドの中に連れていってくれませんか？　私、一度もギルドに入ったことがないんです！」

「……俺はまったく構わないぞ？　ヴェルもいいよな？」

「うん、もちろんだよっ。今度は私たちが案内する番！」

俺たちの快い返事に、ネーファの瞳がキラキラと輝きを増す。

「や、やった！　ありがとうございます！」

飛び跳ねんばかりに喜ぶネーファを微笑ましく思いつつ、俺はふと気になった疑問をネーファにぶつけた。

「そういや意外だな、ギルドなんて目と鼻の先なんだから、いくらでも入る機会はあったと思うんだが」

「いえ、昔お母さんに、小さい子はギルドに近づいてはいけないって言われて。ガラの悪い大人たちがいるからって。……実はもう行ってもいいと言われてるんですけど、どうも機会がなくて……」

人差し指で頬をポリポリ掻きながら言うネーファに、俺は昨日の酔っ払った冒険者たちを思い出した。

……そういや今日もいるんかなぁ、あの人たち。

いるとしたらあまりネーファには見せたくないな。

「なあ、ネーファ、もしかしたら、そういう大人たちがいるかもしれないぞ？」

「……でも、守ってくれるんですよね？」

「え？」

「さっきヴェルちゃんが言ってたんです。レンくんはとても強くて、とても頼りになって、とても好……」

「わー！　わー！　ネーファちゃん、ちょっとストーップ！」

「……え？」

ネーファの言葉の最後らへんは、ヴェルの叫び声で聞き取れなかったが、それでもヴェルが俺を信頼していることはわかった。

ヴェルは顔を真っ赤にしてネーファの両肩を掴み、何事か注意するように囁いて、ネーファも神妙そうな顔で頷いている。

よくわからないが、なぜか嬉しく感じる光景であった。

「まぁ、ネーファを守るのは当然のことだが」

「レンくん、ご迷惑をおかけします」

ネーファが申し訳なさそうに頭を下げようとしたので俺は制止した。

「いや、気にしなくていいから。それに、中でネーファが絡まれたりしても、それはたぶん俺のせいだから」

昨日、冒険者たちが俺を話題にしていたことを考えれば、その可能性はある。

「そ、そうですか？　そ、それじゃ、いったんこのパンをお母さんに渡してきます！」

「ああ、じゃあ俺たちはここで待ってるから」

「ありがとうございます！　すぐ戻ってきますから！」

「ああ」

ネーファはタタタと小走りで麦穂亭に駆けていった。


すぐ戻ってきたネーファと一緒に、俺たちはギルドに入った。

ネーファはまず、冒険者向けとは思えないほどの豪華な内装に仰天し、ため息を洩らした。

「はぁー……」

まがりなりにも貴族だった俺でも昨日は驚いたのだから、普通の宿屋育ちのネーファは一層驚嘆したに違いない。

俺たちはネーファに仲介所や換金所、バーなどを案内した。意外だったのは、ギルド職員や冒険者が、ネーファを知っていたことだ。

そして柄の悪そうな冒険者でさえも。

考えてみれば、麦穂亭はギルドのすぐ近くにあって、しかもハーガニーで一番人気の宿屋なのだから、冒険者がそこの看板娘であるネーファを知っているのは当然といえば当然だった。

柄の悪そうな連中もいたが、声をかけられてもネーファは怖がったりせず、「こんにちは！」と元気よく挨拶するものだから、俺たちのほうが驚いてしまった。

麦穂亭には様々なタイプの冒険者が日々訪れる。中には、柄の悪い客もいるだろう。そういう客と普段から接しているわけだから、怖がったりしないのは当たり前だよな。

「レンくん、ヴェルちゃん、今日は案内どうもありがとうございました！」

「いやいや、こちらこそ。ハーガニー案内、ありがとうな」

「うん、ほんとにありがとうっ。特に噴水広場はとても素敵だったなー！」

「いえいえ。お役に立てたのなら、私も嬉しいです」

そこまで言うと、ネーファは手をもじもじさせ、視線を床に落とした。

何か言いたいことがあるのだろう。

俺たちはネーファの言葉を待った。少しして、勇気を出したようにネーファは顔を上げた。

「ま、また私と一緒に……あ、遊んでくれませんかっ」

「もちろん！」

間を置かずに俺はそう答えた。ヴェルも同じく「当たり前じゃん！」と笑った。

ネーファは目尻に涙を溜め、俺はそれを見てほっこりするのだった。


ギルドを出て、俺たちは麦穂亭で昼ご飯をとることにした。

麦穂亭の食堂に行くと、女将さんが今朝と同じく布巾《ふきん》でテーブルをフキフキしていた。

「おや、お帰り。どうだった、ネーファ、しっかり案内できたかい？」

「はい！　また今度遊ぶ約束もしちゃいました」

そう言って二人は微笑みあう。

奥のキッチンからは、女将さんの旦那さんなのだろう、中年の男が二人を眺めていた。

傍から見れば大層ほのぼのする光景だが。

「……あれ？」

俺は一つ疑問を覚えた。

「どうしたの、レン？」

ヴェルが聞いてくる。

俺はヴェルの耳もとに口を近づけて囁いた。

「……いや、なんかさ、ネーファが女将さんと旦那さん、どっちにも似てないなぁと思って」

顔立ち、特に髪と瞳の色が全然似ていないのだ。

女将さんが茶髪茶目、旦那さんが灰髪緑目であるのに対し、ネーファは金髪灰目であった。

そう言われてヴェルもなるほど、といったふうに頷く。

だが思い当たる節でもあったのか、ポンと手を叩いて今度はヴェルが囁いた。

「けど、アルフォンソだってそうじゃないかな？　お母さんともお父さんとも、まったく似てなかったよー？　髪も目も、色が違ったよねっ」

金髪碧眼である母様、茶髪茶目である父様。

アルフォンソは黒髪黒目だ。両親の特徴を受け継いでいない。

顔が似ているのかと問われれば、そんなこともないのだ。

とはいえ、母様の父が黒髪、父様の母が黒目らしいので、隔世遺伝ということも十分にありえるが。

少なくともうちの両親はそう結論づけていた。

同じように目の前のネーファだって、隔世遺伝という可能性もある。

テーブルについてからも俺はこのことを考えていたが、ネーファが昼ご飯を運んできてくれたので、考えるのをやめた。

「お待たせしました！　ちょっと遅いお昼になってしまったけど……お召し上がりくださいな」

そう言ってネーファは二つの皿を俺とヴェルの前に置いた。

「あれ、ネーファのぶんは？　ネーファは昼ご飯どうするんだ？　まだなんだろ？　俺たちと一緒に食べないのか？」

「え、あっ、いいんですか!?　あっ、でもっ……」

ネーファは恐る恐る女将さんの顔を見る。

女将さんはやれやれと苦笑した。

「いいよ、いってきな」

「やったぁ！　ありがとう、お母さん！　……あっ、でも私のぶんはまだ……」

「おや？　なぜかここにもう一つあるねぇ。一体誰のぶんなんだろうね」

ネーファに見せつけるように、キッチンから料理の盛られた皿を取り出して片目を瞑《つむ》る女将さん。

こうなることを予想していたらしい。

ネーファもテーブルについたところで、俺とヴェルはいつものように手を合わせた。

「与えられた天地の恵みに感謝いたします。いただきます」

「「いっただきまーすっ」」

ネーファも一緒にそう言い、俺たちは三人での昼食を楽しんだ。

†

昼食を食べ終えた俺たちは、またねと言ってネーファと別れた。

ネーファは宿屋の仕事に、俺とヴェルは冒険者稼業に勤しむのだ。

「どの依頼にすっかなぁ……」

俺は膨れたお腹をさすりながら、冒険者ギルドのクエストボードを眺める。

昨日のクエスト結果からすると、Fランクの依頼は俺たちには簡単すぎる。

かと言って、満足のいく武器も防具もない状態である。

武器屋のドワーフとの約束は明後日であり、【王級工房】スキルで防具を作ろうにもまだまだ素材が足りない。

そもそも、某狩猟ゲームの素材である火竜の鱗《うろこ》や甲殻《こうかく》とは違って、ゴブリンから剥ぎとれる素材なんかでは、防御力が低すぎる。

【王級工房】の出番はしばらく先になりそうだなぁ、と少し焦《じ》れったく思う。

【王級工房】をフル活用できれば、並の武器・防具屋で売られているものより遥かに高性能のものが作れるのではないか。そう思うと、早くランクを上げて、上等の素材を持つ強い魔物を討伐したい。

自分より一つ上のランクの依頼まで受けられるはずだから、とりあえずEランクを受けてみるか。

目に付いたEランクの依頼書を手にとって、カウンターの列に並んで数十分。

やっと自分たちの番がやってきた。

「レヴィーさん、こんにちは」

「こんにちはーっ」

「あらー、レンデリック君とヴェロニカちゃん、こんにちはー。今日もクエスト受けに来たのかな？」

「そうですね、これを」

依頼書を手渡すと、レヴィーが目をパチクリさせて二度見した。

「えーっ、これEランクじゃない!?」

「ダメでしょうか？　……いけそうだと思ったのですが」

「うーん、確かにね、FランクならEランクのクエストまでは受けられるけど……」

「けど？」

「正直心配なの。魔物の強さはEとFで段違いだから、Fランクの魔物を容易《たやす》く討伐できたからって、Eランクもそうとは限らないのよ」

「……そこをなんとか」

「うーん、そうね、それじゃあ……」

レヴィーがそこまで言いかけた時、ギルドの扉が音を立てて勢いよく開いた。

ギルド内にいたすべての人が談笑をやめて扉の方を向く。

そこには、昨日の検問官と同じ――守備兵団の制服を纏った男が、汗だくで立っていた。

男は大きく深呼吸すると、ギルド内に響き渡るような声で、手に持っていた紙を読み上げた。

「守備兵団からの通達です！　本日未明、見回り部隊がハーガニーから約80キロメテル離れた西街道でキャラバン隊が襲撃を受けた痕跡を発見しました！　辺りに血が大量に飛び散っているものの、未だ犠牲者の姿は見つかっておりません！　現場には血塗れの尖り帽《とんが》が残されており、『レッドキャップ』に襲われたものと思われます！　緊急依頼として、レッドキャップの発見、討伐、犠牲者の救出を依頼したく！」

そう言い終えると、男はカウンターに向かい、レヴィーに身分証明書を提示した。

「ごめん、レン君、ヴェルちゃん。話はあとで！」

真剣な表情のレヴィーは、男の身分証明書を念入りに確かめる。

「守備兵団団員の証、確かに確認いたしました。では二階へどうぞ。詳しいお話はギルドマスターに」

レヴィー、守備兵団の男、そしてギルド職員数名が二階へ上がっていき、二階からバタンと扉の閉まる音がした。

……ふぅ。

ギルド内がいきなり緊張感に包まれたな。

「レッドキャップか……」

ふと周囲から呟きが漏れた。

それを皮切りに、再び騒がしくなるギルド内であったが、さきほどまでとは違って、重々しい雰囲気が漂っている。

「なるほどな、レッドキャップ……『赤い狂戦士』に襲撃されたとしたら、確かに問題だな」

「ああ、それも隣国アドロワと繋がるハーガニー西街道」

「早く討伐しないと、経済的に大ダメージを食らうな……」

熟練冒険者たちの会話を傍で聞いていると、肩に手を置かれた。

その気配は察知していたため、驚きもせずに振り向く。

「よう、期待のルーキー。すぐにでも、レッドキャップ討伐依頼が出されるだろうな」

若い男。これといって特徴のない青年だが、激しい情熱を内に宿しているのが雰囲気から何となく感じられる。

「どうしたのっ？」

【鑑定】でステータスを見ると、俺より能力値は低いが、ランクはEであった。

ヴェルが振り向くと、青年はヴェルを見て口をパクパクさせたまま固まった。

俺はこの反応には慣れてきたが、ヴェルは相変わらず自分の魅力に気づいていないため、不思議そうに首を傾げる。

俺は「おーい」と青年の目の前で手を振ってやった。我に返ったのか、慌てて目線をヴェルから逸らし、ゴホンと咳払いして話に戻った。

「レッドキャップのことは知ってるか？」

「いや、あんまり」

「なら俺が教えてやるよ。といっても俺も戦ったことはないんだがな」

フフン、と誇らしげに胸を張る青年は、俺が「頼む」と言うより先に説明を始めた。

「レッドキャップはな、妖精の一種だ。ああ、妖精といっても御伽話《おとぎばなし》に出てくるような、羽の生えた可愛らしい奴じゃない。妖精にもいろいろいるからな。……レッドキャップは殺戮《さつりく》を好むんだ。幼児並みに背が低く、それでいて爺さんのような姿をしてるんだが、手に巨大な斧を持ち、頭には赤い尖り帽を被っている」

なんかシュールだな、というのが俺の率直な感想であった。

「レッドキャップは群れで行動するんだが、殺戮を行うたびに、自らの帽子を、殺した人間や魔物の血に浸して染める。そして最後に、力を誇示するためなのか、一つだけ、赤い帽子をその場に残すんだ」

今回キャラバン隊の襲撃跡に、一つ血塗れの尖り帽があった。だからレッドキャップに襲われたと判断した、というわけか。

「なるほどな。詳しい説明ありがとう」

「おう、俺も初めてレッドキャップの討伐依頼を見た時にな、見知らぬ先輩冒険者が教えてくれたんだ。……おっ、ギルドマスターが出てきたぞ」

青年の声に階段の方を見ると、初老の男性とレヴィー、近衛兵団の男が下りてきた。

……あの老人がギルドマスターか。

【鑑定】を試してみるが、うんともすんとも反応しない。

よって実力は未知数。

だが聞いた話によれば、元Sランク冒険者。

冒険者を引退してなお、頂点に君臨し続ける、生ける伝説。

うちの両親よりも遥かな高みに存在する人物を目にして、胸が高鳴るのを俺は必死で抑えた。

ギルドマスターはギルド内を見渡すと、重々しく言った。

「……緊急依頼を告知する。依頼ランクはD。目標はレッドキャップの拠点の発見、そして討伐。要員は十から十五名。これは西街道の安全と、健全な交通を取り戻すための、極めて重要な依頼である。成功者には高い報酬を約束する」

そして、ギルドマスターは一息ついてから再び口を開いた。

「それでは迅速に行動せよ。志願者は、受付の者に伝えること。以上」


「そういや自己紹介がまだだったな。俺はワズナー、冒険者三年目のEランクだ」

ギルドマスターが二階に戻っていったあと、青年は思い出したように自己紹介を始めた。

「俺はレンデリック。こっちはヴェロニカ。冒険者歴は、今日で二日。よろしく」

「よろしくお願いしますっ」

「おう、よろしく。でさ……」

ワズナーの声をかき消す声が、ギルド内に響く。

「緊急依頼を受けるのは俺らだあっ!!」

見れば三人の男が胸を張っている。

名乗りを上げた冒険者を見るべく、他の冒険者たちが三人の周囲に集まる。

「おお！　最初に名乗り出たのは、Dランクの『群鷹《ぐんたか》』か！」

ワズナーが興奮しながら言った。

「「群鷹？」」

俺とヴェルの声が重なる。

ワズナーは一瞬不思議そうな表情を俺たちに向けるも、すぐに納得した顔になった。

「そうか、そういやお前らはルーキーだもんな。群鷹ってのは、あそこにいる三人のことだ」

……あれ？

「で、Dランクはハーガニーのギルドにおいては平均より少し上というレベルだ。だが、群鷹のうちの一人が……って、おい？　聞いてるか？」

「……ん？　ああ、聞いてるよ」

あの三人組、どこかで見たような……。

「で、群鷹の一人が、数年前までは非常に期待されていたんだよ。一瞬でFからEランク、Dランクへと上がったんだ。だが、その快進撃にもかかわらず、その後ずっとCに上がれなくて、未だに

Ｄ止まりなんだ」

　ワズナーは残念そうな顔になった。

「最近じゃずっと酒ばかり飲んでいて、かつての栄光はどこにいったんだよって感じで、おまけに『寝取り男』とかいうあだ名がついちまってな。今はもう憧れもないけど、でもやっぱあいつらが参加すると聞くと、無性に興奮しちまう。……お、こっちに近づいてくるぜ」

　寝取り男。

　俺はワズナーのその言葉に反応した。

　昨日の記憶が蘇《よみがえ》る。

　――いいじゃねーか、別に。

　――そういやお前は寝取り専門だったたな。

　――ギャハハハハハハハハハハ。

　……なるほど、あいつらだったたのか。

　寝取り男と呼ばれていた男と、ふいに目が合った。

　男は笑みを広げ、近寄ってくる。

「お？　昨日の新入り共じゃねえか。残念だったな、お前らＦランクだもんな。Ｅランクなら受けられたのに、こんな絶好のランクアップ機会を逃すなんてな」

　寝取り男は目を細めてクカカと似非《えせ》笑う。仲間の二人も一緒になって笑っていた。

そしていやらしい笑みを浮かべ、寝取り男はヴェルに一歩近づいた。

「で、そちらのお嬢ちゃん？　こんな男より俺といたほうが、絶対楽しいぜ～？　なんたって俺は将来Aランク、さらにSランクを約束されてる男だからな。それに、俺のほうが、上手いぜ？　ひいひい泣かせてやるさ」

恐怖というよりは、気持ち悪さを覚えてだろう、ヴェルが後ずさった。俺はヴェルをかばうように前に出た。

そして寝取り男を睨みながら言う。

「断固拒否です。彼女は俺のです」

俺が強気に出るとは思っていなかったのか、寝取り男は一瞬驚いた顔をするが、すぐに下卑《げび》た笑いに戻った。

「おーおー、尻の青いやつが強がってやがる。お前には聞いてねえよ」

寝取り男は俺をその太い腕で押し退けようとした。

「っ……!?」

だが俺はその腕を強く掴み、押し返した。

驚きと、そして怒りが男の顔に浮かぶ。

「お、おい、やめとけって……」

ワズナーが慌てて俺に言うが、何をやめる必要があるのだろうか。

ヴェルが寝取り男のセクハラに辟易《へきえき》している以上、俺がヴェルを守るのは当然だ。

「てめえ！　これ以上つっかかってきやがるなら……」

寝取り男はそう言いながら反対の腕を振り上げる。

その瞬間、俺と寝取り男の間に影が割り込んだ。背は俺よりも低いが、圧倒的な存在感を放っている。

「やめなさい！　これ以上続けるなら、ギルドの秩序を乱すものとして警告を与えます！　特にゾイドさん。そろそろペナルティになりますよ？」

「……チッ。命拾いしたな、ガキめ」

ゾイドと呼ばれた寝取り男は群鷹の仲間と共に、ドスドスと足音を立てながらギルドを出ていった。

「……レヴィーさん」

影の正体は受付嬢のレヴィーであった。

俺も怒られるだろうな、と思い覚悟するが、そうではなかった。

「レンデリック君、君もよくやったわよー？」

「え？」

レヴィーに頭を撫でられて、俺は困惑した。

「冒険者として、さっきのあなたの対応はベターだったわ」

「……というと？」

「冒険者として生活する以上、逃げの一手をとってしまえば、以後ずっと弱虫とか負け犬とか、そういうレッテルを貼られることになるからねー……」

一度そうしたレッテルを貼られてしまえば、それはやがて噂となり、いずれはハーガニー全域に知れ渡る。

冒険者にとっては、どんなに些細《ささい》な噂でも、「弱い」と思われてしまうのは致命的なのだそうだ。

「それに、ひたすらヴェロニカちゃんを守ろうとした君は偉い！　ねっ、そう思うでしょ、ワズナー君も」

レヴィーはヴェルの、空色の絹のような髪を撫でながら、隣で「ｗｈａｔ ｔｏ ｄｏ」状態にあったワズナーに話を振った。

「え？」

ふいに名前を呼ばれて、締まりのない声で返事をするワズナーだったが、レヴィーは話を続ける。

「君、止めようとしたでしょー？　それも、堂々と間に割り込むならまだしも、レンデリック君にしか聞こえないほどの小さな声で」

「ええ……」

「冒険者として、ああいう弱気な姿勢は御法度《ごはっと》よ。あれでレンデリック君が引いたら、まずかったわよ、本当に。……まあ、ギルド内での問題行為は私たち職員が迅速に対応するから心配は無用だけどね」

そう言ってレヴィーは、再びカウンターへと戻っていった。

「俺、もっと強くなりてえな……」

ポツリとワズナーが呟く。

「俺がもう少し強ければ、あのゾイドさんにも臆せず、堂々と止められたんだ……。俺が弱いばかりにお前らに迷惑をかけてしまった……すまない」

そこまで謝られると、こちらとしてもどうしていいかわからず、慌ててワズナーを止めた。

「ワズナーさん。頭を下げる必要なんてないよ。絡まれやすい俺が悪いんだから」

ワズナーは悪くない、そう伝えようとしてかけた俺の言葉は、今度はヴェルに否定された。

「もともとの原因は私だからっ、レン、巻き込んでごめんなさいっ……」

涙目になるヴェル。俺は、「実は」と強調して、二人の注意を引きつけてから、言った。

「俺は、さっきの出来事を不愉快だと思ってないよ。だから、ヴェルも、ワズナーさんも謝ることなんかない。それに……ゾイドだっけか？　そこまで強そうにも見えなかったし」

期待されていたといっても、現在は所詮《しょせん》Dランクなのだ。

DとEの差は数倍、DとFの差は数十倍と言われるそうだが、Aランクの両親に毎日扱《しご》かれた俺からすれば、「Dランク？　ふーん」といった感想しか持てない。

だが、俺のその本心を、ワズナーは強がりだと思ったのか、何回か瞬《まばた》きしたあと、体を揺すり、堪えていたのを噴き出すように笑い始めた。

「ハハハ……お前、面白い奴だな！　こういう奴はなんだかんだ大物になるんだよ。嫌いじゃないぜ、そういうの。……よーし！　俺ももっと高みを目指すか！　俺だってEランクで満足しているような男じゃねえ！」

漫画なら、瞳に闘志を滾《たぎ》らせ、背後には炎が燃え盛っていることだろう……それほどの意気込みをワズナーは見せていた。

「よし！　俺も、レッドキャップ討伐に参加するか！　やっぱり強くなるには、実戦が何よりだよな！」

んじゃ、参加申し込みしてくるわ、と言ってワズナーはカウンターへと走っていった。

突然の展開に、別れの挨拶を告げることができなかったが、冒険者として活動する以上、またどこかで会うこともあるだろう。さらには、パーティを組んでクエストに向かう可能性だってある。

そうやって冒険者は、横の繋がりを広げていくのだ。

なかなか好感を持てるし、俺もワズナーには成功してほしいと思う。

俺とヴェルは今回の緊急依頼は受けられないから、さきほど中断したEランクの依頼を受けようと、再びレヴィーのカウンターへ向かうことにした。

†

「レヴィーさん」

緊急依頼目的の冒険者の波が一段落したところを見計らって、俺はレヴィーに声をかけた。

「あ、レンデリック君とヴェルちゃん。さっきの緊急依頼は、君たちまだ受注できないわよー？」

「あっ、レヴィーさーん、そっちじゃないですよっ」

ヴェルが慌てて否定する。

「そっちじゃないというと……ああ！　話の途中だった、Eランククエストのことね？」

レヴィーは思い出した、とばかりにポン、と手を叩いた。

「うーん……。さっきも言ったけど私は不安なのよ。……それでもやりたいって言うなら……私の依頼でよければ、いいわ。もちろんEランククエストよ」

「レヴィーさんの依頼、ですか？」

「ええ、お願いできるかしら？」

「わかりました」

断る理由はない。そのクエストを達成してレヴィーに実力を認められれば、今後はEランクのクエストも自由に受けることができるだろう。

レヴィーは、ちょっと待っててねー、と言い残しクエストボードに向かった。

しばらくして自分の依頼書を見つけたのか、笑みを浮かべながら戻ってきた。

「はい、お待たせしましたー。この依頼ね」

——コーボルトの群れの討伐。

依頼書には大きくそう記されていた。

「Eランクに指定されているコーボルトの群れの討伐ね。コーボルトは単体ではFランクなんだけど、もともと知能が高いから、群れを作っている場合、なかなか厄介なのよねー」

コーボルト。直立二足歩行の犬型の魔物である。

他の魔物や動物から剥ぎ取った毛皮を加工して身に纏い、人を襲って得たナイフなどを武器として使うこともある。

単体ではFランクということから、俺たちのようなFランクの冒険者が、Eランクのクエストに対応できるかを見極めるのには最適の相手だろう。

「こないだ一般人が東の森を散策していたところ、コーボルトの群れに襲われたらしくてねー。その人に被害はなかったらしいけど、なぜかその人どこかに行ってしまって、まだ事情を聞けてないのよね。それで、受けてくれるなら、君たちにはすぐに討伐に向かって欲しいの」

「ヴェル、行くよな？」

「もちろんっ」

「よし、じゃあレヴィーさん、この依頼受けます」

ヴェルの意思を確認して、依頼書をレヴィーに返した。

受注の手続きが終わると、レヴィーはまた真剣な顔に戻る。

「いーい？　わかってると思うけど、Eランクのクエストなんだからね？　油断は禁物よ。無理だと感じたらすぐに逃げること！　じゃあ……行ってらっしゃい」

「はい、行ってきます」

「行ってきまーすっ」

最後まで不安そうな顔のレヴィー。俺たちのせいでこんな顔をさせてしまっている以上、レヴィーを安心させるためにも、無傷で帰ってこなければと思った。

STATUS

名前：レンデリック・ラ・フォンテーニュ
年齢：13歳
職業：冒険者
種族：人間
特殊スキル：〈テイムマスター〉〈創造王〉〈体術王〉〈極限突破〉〈王の系譜〉〈冥界の加護〉〈男は拳で語る〉〈牡のフェロモン〉〈絶倫〉
一般スキル：【テイムLv 2】【鍛冶】【錬金】【調合】【建築】【王級工房】【鑑定】【指揮】【暗黒魔法Lv 5】【暗闇可視化】【混沌魔法Lv 5】【煉獄魔法Lv 5】【次元魔法Lv 2】【中級拳闘術Lv 1】【甘いマスク】【精力回復】

STATUS

名前：ヴェロニカ
年齢：外見13歳
職業：冒険者
種族：？？？？（腐食スライム）
特殊スキル：〈腐食スライムLv 4〉〈回復師〉
一般スキル：【中級水魔法Lv 4】【中級回復魔法Lv 4】【柔軟】【触手変形】【腐食】【強酸】【吸収】【物理ダメージ40％カット】
装飾品：月の紋章の髪飾り、花冠

第六章　暗雲のコーボルト

東の森は、昨日訪れた北東の森の東に位置する。

正式には「暗い森」と名付けられているらしいが、人々は単に東の森と呼んでいる。

背の高い樹木が所狭しと生えていて、昨日訪れた北東の森――正式名を「芽吹きの森」と言うらしい――とは違って、春のような暖かい雰囲気などこれっぽっちも感じられず、まだ昼だというのに、もう夕方になってしまったのかと錯覚するほど暗かった。

なるほど、暗い森と名付けられたのも頷けると、俺は森の入り口から中を見て、率直にそう思った。

「コーボルトの群れは、森の奥の岩場にある洞窟を拠点にしてるらしいな」

「暗くなる前に帰れるといいけどねー」

「まあ、最悪の場合に備えて野宿用セットも購入しといたから、大丈夫だとは思うけどな」

俺たちは森の入り口で、装備や道具類を確認する。

装備といっても、武器も防具もまだないのだが、冒険者の中には、あまり防具を身につけない者も少なくない。

身軽さがウリの、たとえば拳闘家などがそうだ。

といっても、強い敵と戦うようになれば、ある程度の防具も必要になるだろう。

かつての、Eランクのタスクボアとの戦闘を振り返ると、このクラスではまだ防具なしでいいだろうと判断した。

それにアイテムボックスの中には、ここに来る直前に道具屋で購入した回復薬の瓶《びん》が五つほど入っている。

一応、Dランクであるファングウルフリーダーを倒したことがあるものの、あれはほとんどヴェルのおかげであって、俺一人では勝てなかった。

まあ、油断さえしなければ、もしかしたら勝てたかもしれないが。

とにかくあれ以来、俺は道具類にも気を配るようになった。特に回復薬に。

とはいえ、ヴェルが中級回復魔法を習得している以上、今回のこの回復薬は、あくまで予備でしかない。

俺の魔力量はかなり多いから、最悪ヴェルが魔力を使い果たしてしまっても、俺の魔力の一部をヴェルに譲渡すればいい。それにアイテムボックス内には未使用の魔核も残っているしな。

あと……忘れてはいけないのが解毒薬《げどく》。

もちろん何種類か持ってきている。

森に自生する植物や魔物は言うまでもないが、通常の野生動物の中にも強力な毒を持つ個体はいる。

異世界だというのに、普通のヘビ毒で亡くなったとか、蜂に刺されて危篤《きとく》状態とか、前世の日本とそう大差ないニュースを聞くことがあるのだ。

そんなニュースに載ることのないよう、解毒薬をしっかり確かめた。

そして、ヴェルを見て、俺はそろそろ行こうと目で合図した。

森の中はやはり暗かった。

明度とか彩度とかそういうのはもちろんだが、それだけではなく、森じゅうに広がる空気、つまりは雰囲気が暗いのだ。

「うーん、この空気、ロイムの森より重いなぁ」

「木の緑が圧倒的に濃いよねえ」

鬱蒼《うっそう》とした森を見渡しながら、俺たちはそれぞれ思ったことを口にした。

芽吹きの森とはそう離れていないはずなのだが、どうしてここまで雰囲気が違うのかと疑問に思う。

そんなことを考えながら森の中を歩いていると、ヴェルがふと立ち止まった。

様子を見ていると、ヴェルは思案顔をして、森の空気を吸い尽くすかのように深呼吸し始めた。

「――ヴェル？」

何をしているのだろうと声をかけたが、返事はなく、かわりに空気を味わうように口を動かしながら頷いた。

「この森……昨日の森よりもかなり魔力が濃いかな？　こんなに濃い魔力は珍しいよっ」

「魔力が濃い？」

「うんっ。きっと魔力の濃度が違うから、森の様子も違うんだよっ」

「……なるほどな。俺には濃度の違いなんて、ほとんど感じ取れないけどなあ」

「うーん、私たち魔物は、魔力を持つものを食べるだけじゃなく、空気中の魔力も糧《かて》にして生きてるから。だから、魔力の濃度を感じ取れないと、たとえばうっかり魔力がまったくないところに行っちゃったりして大変なんだよ？」

だから魔物は魔力の濃度を察知する能力があるんだよ、とヴェルは締め括った。

ヴェルは自分がスライムであることを恥じていない。

それどころか、人間と相容れないはずの魔物として生まれ、人型に進化したことに、感謝している節がある。

どうしてかはわからないが、ヴェルは自分が魔物であることに対して、あまり引け目を感じていないのは確かだ。

「……ん？　確か体内の魔核に蓄えられている魔力が多いほど、魔物の能力も高くなるんだったよな」

「そうだよー？」

「だよなぁ」

俺はやれやれ、と肩を落とす。

「……？　何か困ることがあるの？」

俺より頭一つ低いヴェルが、心配そうに俺を見上げてくる。

「いや、困るというよりは、思ったより面倒な戦闘になりそうかな……なんて」

母様がかつて教えてくれた、魔物の生態――。

「魔物は、他の魔物や人間など、魔力を持つ生物を屠ることで、その生物の魔力を自分の魔核に蓄えることができる。それによって魔核の魔力最大量が上昇し、体内を循環する魔力量が増えて筋力や敏捷性が高まる――」

加えて、ヴェルによれば、魔物は空気中の魔力をも糧にしている。

ここから導き出される答えは一つ。

「――もしかしてっ、ここの魔物って、他の場所の魔物より強くなってる？」

「ビンゴ」

そういうことである。

とはいえ、空気中の魔力などというものが魔物に与える影響は、微々たるものだろう。

レヴィーから特に注意されていないし、無視していいはずだ。

いや……それとも、単にレヴィーも知らないだけかもしれない。

いずれにせよ、これはますます油断禁物だな、と気を引き締めた。


「――生も死も創造も破壊もまだなき無の淵よ、その混沌は光を許さず、姿を惑わす幻とならん――混沌の変幻」


森をかなり奥まで進んだ頃、木々の間からわずかに岩場が見えたので、【混沌魔法Lv4】の【混沌の変幻】を、念のためヴェルに掛ける。

ここまでに出てきた魔物はFランクのみだったので、出会い頭にさくっと倒せていた。

だが、コーボルトの群れはそうはいかないだろう。

少しでも戦闘を有利に運ぶため、こちらの強力な武器であるヴェルの触手を【混沌の変幻】でカムフラージュしておくべきだ。

「おそらく、あれが目的の洞窟がある岩場だ」

俺は遠くにうっすら見える赤茶色の崖を指さした。

「あと少しだねーっ」

俺もヴェルもまったく疲労はないのだが、今日中にハーガニーに戻れるのかどうか不安なため、必然的に足取りは早くなる。

「よし、行こう――」

「レン、伏せてっ」

「えっ――」

ヴェルの真剣な声色に、咄嗟《とっさ》に体を伏せたその時――。

俺たちの頭上を、風を切って一本の矢が過ぎた。

直後、岩場の方から体格の違う二匹の犬が駆けてきた。

「――敵かっ。……いや、これは……」

てっきり俺たちを狙っているのかと思ったが、二匹の様子がどうもおかしい。

二匹は、まるで追うものと追われるもののように見えるのだ。

小さいほうが木々を避けながら逃げ、大きいほうがそれを執拗《しつよう》に追いかけている。

じゃれ合いなどではなく、小さいほうはおびただしい血を流しているのが見えた。

そして、大きいほうは時折二本足で立って、背中の弓を構えて小さいほうに向かって矢を放っていた。

だが矢はいずれも外れて、ポスッという音と共に、苔むした地面に突き刺さる。

当たらないことに痺れを切らしてか、大きいほうは不快そうな唸り声を上げるが、逃げる相手を改めて眺めると愉快そうに口角をあげた。

「……コーボルト」

【鑑定】から得た情報には、そう記されていた。

コーボルト	
魔物ランク：F	
ATK:	491
DEF:	98
SPD:	672
MP :	0
LUK:	127
特徴：	
二足歩行をする。仲間を大切にし、一匹に傷を負わせれば必然的に群れを相手にすることになる。群れごとに独特の塗料を体に塗る習性あり。	

よく見れば二匹のコーボルトの胸に、緑色の塗料で塗られたような似た模様があった。
つまりこの二匹は同じ群れに属しているのだ。
【鑑定】によれば、コーボルトは仲間を大切にする魔物らしい。
だが、実際はどうだ。
目の前の光景はまったく違う。

映るのは単なる苛虐《かぎゃく》。

追うものと追われるもの。

狩るものと狩られるもの。

強者と弱者。

やがて強者が放った一本の矢が、弱者の後ろ足を貫いた。

弱者は血に染まる足をそれ以上動かすことができず、地に伏せた。

逃げることを諦めたのか、絶望した瞳で強者――大きいコーボルトの瞳を黙って見つめている。

「くぅ、くぅ」

見逃して欲しいのか、小さいコーボルトは弱々しく鳴くが、その願いも虚《むな》しく砕け散った。

大きいコーボルトはどこからか木を削った槍を取り出して、小さいコーボルトの腹に突き刺そうと振りかぶる。

そして、振り下ろそうとした瞬間。

「――翔狼拳ッ!!」

茂みから飛び出した一つの影によって、大きいコーボルトは一瞬にして弾け飛んだ。

地面を転がる、もとは大きなコーボルトの頭部であった肉塊。それを呆然と見つめる小さいコーボルトの表情には、助かったという安心感など見られない。

何が起こったのかまったくわからないのだろう。自分の生死のことなど、頭から抜け落ちているみたいだ。

「レン……？」

ヴェルの心配そうな声が後ろから聞こえた。

たった今まで茂みに隠れて一部始終を眺めていた俺が、突然飛び出してその拳を大きく振り抜いたのだから、横で見ていたヴェルは驚いたに違いない。

「ごめん、驚かせた」

自分が抑えきれなかった。

悲しそうな目で、これから自らの腹に突き刺さるであろう槍を見つめる、そのコーボルトに同情してしまったのだ。

これが単なるゲームの世界であれば、こんな感情を抱くことはなかっただろう。

ただの戦闘のワンシーン、あるいは小さなイベントだからと、同情などしなかったはずだ。

だが、これは現実。リアルな世界なのだ。

人に害なす魔物といえども、生命《いのち》を有していることに変わりはない。

だから、群れの一員にもかかわらず殺そうとした、あの大きなコーボルトに怒りを感じたのだ。

これがたとえば敵対する群れ同士なら、こんなに怒りを感じることもなかっただろうに。

「――生命の源、体を巡る血潮よ、その活脈は傷を癒す光とならん――ヒール」

足を引き摺《ず》る小さいコーボルトに駆け寄ったヴェルが、右手を傷口に当ててすぐさま唱えた。

中級回復魔法Lv４、ヒール。

Lvが上がると回復効果も増すようで、現在のヴェルのLv４のヒールであればその効果も顕著だ。みるみる塞がっていく傷を、信じられないという表情で見つめるコーボルト。その目には敵意はまったく感じられない。

「……」

「……」

見つめ合う俺とコーボルト。

相手は魔物だというのに、何か喋らなければ、と気まずさを感じる。

「……なあ。俺たちと一緒に来るか？」

まだスライムだったヴェルには、俺の言葉が通じていた。もしかしたらこのコーボルトにも、俺の言葉が通じるかもしれない。

そう思って声をかけた。

このコーボルトを群れに帰す発想はなかった。

俺たちの狙いはコーボルトの群れの殲滅《せんめつ》なのだから。

コーボルトは俺を見つめたまましばらく動かなかったが、ふいに、小さく頷いたように見えた。

同時に、脳内にアナウンスが響く。

『――コーボルトのテイムに成功しました』

俺はほっとして、手を差し出した。

だがコーボルトは、ふるふる、と今度は首を小さく横に振る。

そしてしっぽを低い位置で軽く振り、そのまま走り去ってしまった。


「【テイム】には成功したはずなのに……やっぱ目の前でコーボルトの頭が弾け飛んだから、怖がられちゃったのかな」

俺はポツリと呟いた。

ヴェルが「違うよ」と否定の言葉を後ろから投げかける。

振り向くと、ヴェルはお腹をバックリ開いて食事をしていた。

「いつの間にか食べてるし……」

ドロドロになったコーボルトの頭が、お腹からにょきっと突き出ている。

そこに、短く細かい触手が伸びてきて、突き出た頭を覆った。

強酸の弾ける音と、わずかに感じる腐臭。一瞬にして、残りの頭部も体内に取り込まれた。

――レベルが上がる気配はなし。

だがヴェルは満足したようにお腹をさする。

そして俺の言葉を否定した理由を話してくれた。

「しっぽを低い位置で振るのは感謝って意味だよっ。仲間のコーボルトが殺されたことに対する葛《かっ》藤《とう》もあったみたいだけど……。同行することを拒否したのは、レンが怖いからじゃなくて、私たちがこれから何をするのか察してしまったから、だと思う」

「じゃあ、それを警告しに、群れに戻ったのか？」

俺なら群れには戻れない。

もしさきほどの「狩り」が、群れで決められたものだとしたら？

また、襲われるかもしれない。

「でも、あのコーボルトは、群れの洞窟があるっていう岩場とは反対の方向へ走っていったよ？」

「……確かに」

コーボルトは、森の入り口のある方角に走り去った。

「私の推測だけど……きっと、これから殺されることになるかつての仲間たちを見たくなかったんじゃないかな？　襲われてもう少しで死ぬところだったとはいえ、自分の属していた群れっていうのは、なかなか割り切れないものなんだよっ」

……なんだかなぁ、これから討伐に行くぞ、というところでそんな事情を聞いてしまうと、コーボルトを殺すことに罪悪感を覚えてしまいそうだ。

「でもレン、そんなのは気にしなくていいんだよっ！　魔力さえあれば魔物は湧いてくるんだから。私たちがやらないと、魔物は増えていく一方で、今よりもっと人間に被害が出ちゃうよっ！」

俺の心情を察したのか、ヴェルはいつもの、見上げる格好をして俺を励まそうとする。

「……まあ、そうだな。ヴェルやさっきのコーボルトが特別なだけで、本来魔物は人間を殺して魔力を奪うような奴らだもんなあ。……さっきのは一時の気の迷いだ、気にしないでくれ」

「うんっ」

元気が出てきたところで、頭部を失ったコーボルトの死骸から魔核を回収してアイテムボックスに入れた。

残った死骸も、フサフサの毛皮や骨など、色々な用途がありそうなので丸ごとアイテムボックスにぶっ込むことにした。

「そういえば、毎回きちんと魔核が残ってるよねー？　普通なら、宿主である魔物が死ぬと魔核は空気中に霧散する……とかじゃなかったっけ？」

ヴェルが疑問に思ったらしく、訊ねてきた。

「運、らしいな、母様によれば。俺はＬＵＫ９９９だから」

本来、魔物が魔核を落とす確率は非常に低いそうだ。だが俺はほとんど百発百中。

この異常な引きは、すべてステータスによるものであり、その恩恵は計り知れない。

「……ってか、今までほぼ毎回魔核を落としてたはずだけど……なんで今頃になって？」

「てへへ……。実はネーファちゃんが言ってたんだよっ」

「ネーファが？」

「魔核が高値で取引されるのは、滅多に手に入らないからなんだって」

「なるほどなぁ。……よし、雑談はここまで。異変に気づいたのか、群れが近づいてきてるな」

飛んでくる矢に気づかなかったことに反省した俺は、あのあとずっと周囲に気を配っていた。

そして今、多数の気配を察知したのだ。

俺たちを取り囲むように、大小様々な、明らかな敵意を持った魔物の気配が草むらの陰に潜んでいる。

もちろん、すべてコーボルトだ。

「ガルルルウウウッッ!!」

突如森の奥から、大きな唸り声が響いた。

――群れの長《おさ》か？

唸り声が合図であるかのように、十四ほどのコーボルトが武器を片手に茂みから飛び出してきた。

くっ、不意を突かれたっ……。

「――とでも言うと思ったのかっ!?　甘いっ――翔狼拳ッ!!」

腹を空かせた狼のオーラが俺の拳から放たれ、触れたコーボルトを抉《えぐ》る。

「小さいからって、舐めないでよっ！」

ヴェルも負けじと、パックリと縦に裂けた腹から無数の触手を伸ばす。

そして捕らえたコーボルトを、次々と体内に収め、残酷にもその裂け目を閉じた。

「生きたままゆっくりと、強酸に溶かされる気分はどう？」

酸が弾ける音とともに、大きく膨らんだヴェルの腹が、少しずつ元に戻っていく。

気づけば、俺たちを囲んでいた、すべてのコーボルトが絶命していた。

相変わらず俺とヴェルのタッグは、敵の数に関係なくすぐに戦闘が終わる。

あとは、森の奥にいる、群れの長と思われるコーボルトを倒せばクエスト完了だ。

そう思った、その時。

ふいに大地が揺れた。

「む……？」

こんな震動を、犬っころサイズのコーボルトに起こせるわけがない。

だとしたら、一体誰が？

次の瞬間、森の奥に感じていた長の気配が、もの凄い勢いで近づいてきた。

同時に大きくなっていく震動。

間違いない。

この振動は、長が起こしているのだ。

だがコーボルトの長というのは、こんなに離れた場所まで震動を感じさせるほどのサイズなのか？

ふいに、巨大な黒い何かが俺の視界に現れた。

「な、なんだこの魔物は……」

「グルァァァァァァァァァァァァァァァァァヅッッッッッ!!」

その口から悲壮を込めた爆音のような咆哮が轟き、森中を激しく揺らした。

その姿はまるで——化け物。

形は間違いなく、コーボルトだ。

だが、サイズも、何もかもが違う。

狼よりも小さいコーボルトと違い、一般的な建物の二階ほどもある背丈。

漆黒《しっこく》の毛並みに、血走った赤い目。

長く鋭い爪。

はちきれんばかりの筋肉。

俺は驚きながらも、咄嗟に【鑑定】を使う。

ネビュラス・コーボルト	
魔物ランク：B	
ATK：	3461
DEF：	1712
SPD：	2159
MP　：	0
LUK：	1863
特徴：	
コーボルトの進化個体。コーボルトとは比較にならない巨体を誇る。	

……Bランク。

ステータス値だけ見れば、俺と大差ない。

ヴェルより少し上、か。

ネビュラス・コーボルトはその巨体で木々を薙《な》ぎ倒しながらこちらに向かってくる。

そして俺たちの目の前まで来ると、黒光りした爪を瞬時に振り下ろした。

「うぉっ!?」

俺は後方に跳び、爪は空を切り裂いた。

だがその風圧は凄まじく、遠くに避けた俺にまで風が届くほどだった。

並の冒険者ならきっと逃げ出したくなる、圧倒的な威圧感。

だがそんな魔物と対峙した俺は、興奮を抑えきれない。

「くっくっくっ……」

思わず笑い声が漏れた。

ヴェルはネビュラス・コーボルトに本能的な恐怖を感じているようで、その顔は引きつっていた。

「レン……っ、なんかやばい雰囲気だよっ。なんで笑ってられるのっ」

「ワクワクして仕方がないんだっ。今の俺がどこまで通用するのか、確かめたいんだっ！」

悔しい結果に終わったファングウルフリーダーとの戦闘。あの時から、俺はずいぶん成長した。

そして久しぶりの強者を前に、リベンジの願望が燃え上がる。

俺はネビュラス・コーボルトを注意深く観察する。

敵も、俺をじっと睨んでいる。

奴も、生半可な相手ではないと察したらしい。

俺はネビュラス・コーボルトから目を離さず、口だけを動かしてヴェルに言った。

「……ヴェル、強さはステータスだけじゃ決まらない。確かにこの敵は強い。だけどヴェルには強力なスキルがある。十分に戦えるはずだ」

自分に言い聞かせるように、ヴェルは俺の言葉を反芻《はんすう》した。

ヴェルの瞳に闘志が宿るのがわかる。

俺とヴェルは前を向いたまま頷く。そして俺は言った。

「いくぞっ!!」

先手必勝。

俺は大地を蹴って一気に間合いを詰めた。

「翔狼拳ッ!!」

敵の黒く巨大な腹めがけ、闘志を込めた拳を突き出す。

だが。

「うおっ!?　硬いなっ……って、ぐあっ!?」

やはりさっきまでの奴らとは違う。

鋼のような皮膚に守られたネビュラス・コーボルトの腹は、その下の筋肉に届かないほど硬い。

予想外の事態に戸惑った俺はバランスを崩し、完全に無防備になってしまった。

その隙《すき》を逃さず、ネビュラス・コーボルトは巨大な腕を振り下ろす。

なんとかかわすが、反対方向からもう片方の腕が迫ってきた。

鈍い音を響かせ、俺は宙を舞った。

高く殴り飛ばされるが、俺は受身をとって着地する。

「レンっ!?　大丈夫!?」

「問題ない！」

もともと高いステータス値に加え、〈体術王〉によって身体強化されている。それに父様の指導のおかげで、奴の攻撃を受け流すことだって難しくない。

「それより敵から目を離すなっ！」

だがその警告も遅く。

「きゃあっ!?」

俺の身を案じて敵から目を離したヴェルの右胸を、いつの間にか振り抜かれた鋭利な爪が貫いた。

そしての右胸から右腕に、斜めに上がって切り裂く。

右腕は水色の飛沫《ひまつ》と共に、ボトリと地面に落ちた。

「ヴェルっ!!」

戦慄《せんりつ》が走る。

これほどまでに強力なのかと。

これほどまでに迅速なのかと。

巨体を誇らしげに揺らし、不敵に笑うネビュラス・コーボルト。

気づけばヴェルは敵の連撃に備えて、俺の横に移動していた。

その顔には恐怖も絶望も、なかった。

あるのは、安堵だけ。

「あーっ、もうほんと、レン！　心配したんだからっ！」

ヴェルは右手を胸に当て、ほっとため息をついた。

俺を心配してくれるのは嬉しいが、ヴェルには自分の体を優先して欲しい。

「まずは自分の腕の心配をしろよっ」

「大丈夫だって！　ね、ほら！」

そこにはまるで陶器のように、白く美しい右腕が確かにあった。

さきほど切断されたのは残像か何かだったのかと思うほど、自然に存在していた。

だが地面には、切断された右腕が確かに残っている。

その腕は次第に崩れてドロドロになり、やがて大地に吸い込まれていった。

ネビュラス・コーボルトは信じられないといった表情で、ヴェルと右腕があった場所を見比べている。

――【柔軟】と【触手変形】。

スライムであるヴェルは、たとえ腕がなくなろうとも切断面から【柔軟】によって触手を伸ばし、【触手変形】によって失った腕を再構築することができる。

【高級回復魔法】ですらできない腕の再生を、ヴェルは自らの特殊スキルによって、いとも容易く行ったのだ。

だからあの時、戦慄が走ったのだ。

ヴェルの再生能力はこれほどまでに強力なのかと。

ヴェルの再生速度はこれほどまでに迅速なのかと。

――これこそがスライムとしての真骨頂。

目の前の不可思議な現象に動揺を隠せない、ネビュラス・コーボルト。

勝負を仕掛けるなら、今だ。

だが、俺の決め技、翔狼拳は効かない――おそらく他の殴打系攻撃も同じだろう。

ならば。

「――光を呑み込む暗黒より生まれし闇よ、一つの弓矢と成りて敵を貫け――暗黒の弓!!」

何もない空間に実体のない弓が現れる。

その威力はゴブリン討伐時に証明済み。

暗黒魔法Lv３の魔法がネビュラス・コーボルトを貫く。

「さすがに魔法は効く……ん？」

するとネビュラス・コーボルトの傷口を、黒いの雲のようなものが覆った。

それが晴れると、たった今まで確かにあった傷が完全に消えていた。

「再生能力か……厄介だな」

ネビュラス――暗い雲。

俺は目の前の魔物の名の由来がやっとわかった。

再生効果を持つ暗い雲を操るコーボルト……だからネビュラス・コーボルト、というわけだ。

今の攻撃で我に返ったのか、ネビュラス・コーボルトは動揺を振り払うように雄叫《おたけ》びを上げた。

森が震え、鳥の群れが一斉に羽ばたく。

ネビュラス・コーボルトはその大きな手で手近な大木を引っこ抜き、ハンマーのように振り下ろす。

俺とヴェルはなんとかそれをかわし、大木のハンマーは地面を叩いた。

衝撃で落ち葉や小枝が舞い上がり、地面には、大樹の形の深い窪《くぼ》みができていた。

そもそもコーボルトは知性が高く、弓や槍を使って狩りをする魔物。

大木のハンマーとはスケールがでかいが、これが本来の戦い方なのだろう。

敵が本領を発揮するここからが本番だ。

あの再生能力だが、見たところ、傷を負ってからワンテンポ遅れて雲が現れるようだ。

ならば。

ヴェルが高く跳躍し、右腕を鋭利な刃のように変化させた。表面には体内で濃縮された強酸が泡を弾かせている。

そしてその、強酸に包まれた刃を、ネビュラス・コーボルトの胸に突き刺した。

ガキィン、と、金属がぶつかり合ったような音がするが、次第に、ヴェルの強酸がネビュラス・

コーボルトの肌を溶かしていく。

さすがに金属をも溶かす強酸には耐えられないようだな。

一旦その硬い皮膚を突き破ると、あとはすんなりと刃が入った。

痛みと怒りで、ネビュラス・コーボルトは胸を貫いたヴェルの腕を掴もうとした。

俺は叫ぶ。

「ヴェル、今だっ！　掴まれる前に腕を抜けっ!!　——地獄の業火は煉獄なり。煉獄の炎は敵を喰らい尽くす蛇とならん——煉獄の蛇!!」

ヴェルが腕を抜くと、黒い雲が傷の上に広がっていく。

だが、雲に完全に覆われる、その直前——傷口はまだ晒されているのだ。

どんなに表皮が硬かろうが、内臓を持つ動物型の生きものである限り、体の中を直接攻撃されてはひとたまりもない。

煉獄の炎が傷痕から体内に侵入する。内側から感じる痛みにネビュラス・コーボルトは苦悶《くもん》の声をあげようとした。

だが、声は出ない。

声帯まで燃えているのだ。

恨みのこもった目で俺を見るが、その無残な姿では脅《おど》しにもならない。

一矢報いてやろうとでも思ったのか、焼けただれた肉体に鞭《むち》打ち、腕を振り上げるネビュラス・

コーボルト。だがその動きは鈍く、さきほどまでの猛々《たけだけ》しい姿はどこにもない。

「楽になれ――翔狼拳」

筋肉の鎧は硬さを失っており、ネビュラス・コーボルトは飢えた狼に腹を食い破られ、地面に崩れ落ちた。

†

とどめの一撃を食らって倒れたネビュラス・コーボルトは、それ以上動くことはなかった。

――終わった。

物足りなさもあったが、それでも、楽しかったかと問われればはっきりそうだと答えるだろう。

短いながらも、濃密な時間だった。

俺はしばらくの間、地に伏した巨体を感慨深く眺めていた。ヴェルも同じ思いなのか、じっとそちらを見つめている。

ふと、ヴェルが思い出したように「あっ」と小さく声を上げた。そしてすたすたとネビュラス・コーボルトに近づいていき、その片腕を触手で切り落とした。吸収するつもりなのだ。

腕を拾い上げたヴェルは、酸を弾けさせながら、体内にそれを取り込み――。

「これ……すごい！」

ヴェルの背が、伸びる。

百七十センチメテル以上ある俺の胸ほどだった高さが、肩くらいになった。

同時に体つきも一気に女性らしくなった。

性的な目で見るわけではないが、貧相だった胸や尻も肉付きがよくなっている。

まだまだ貧しいことに変わりはないが、もはや子供とは言えないくらいの肉付きだ。

成長したヴェルに見とれていると、ふいに脳内に、「ぴろぴろりーん」と久しぶりの機械音が流れた。

そして『多数の更新があります。確認してください』とメッセージが表示された。

「……どれどれ」

俺はその内容を読み上げる。

『――レンデリックのスキルがレベルアップしました。【次元魔法】がLv4になりました。また、【中級拳闘術】がLv3になりました。使用可能になった魔法、スキルはそれぞれ確認してください』

『――ヴェロニカのスキルがレベルアップしました。ヴェロニカの特殊スキル〈腐食スライム〉がLv7へ進化しました』

「おお、一気にレベルアップしたなぁ」

「そりゃ、相手が相手だからねーっ……格上の相手に、勝ったんだなあ」

ヴェルはしみじみそう言った。

俺と協力してとはいえ、Cランク相当のヴェルがBランクのネビュラス・コーボルトを倒したのだから、その感動は想像に難くない。

最弱の中の最弱と言われるスライムだった頃の記憶があるのだから、なおさらだろう。

泥が服に少しこびりついただけの俺と違い、ヴェルは右腕を一度切断され、服も、右胸のところが破れてしまっている。

だがそんなことは気にもせず、ヴェルは、満面の笑みで俺の胸に飛び込んできた。

†

「とりあえず、解体するかー」

「おーっ」

ほとんど圧勝だったとはいえ、やはり緊張していたようで、戦闘を終えた途端、声が間延びしてしまった。

解体の書をレヴィーさんから貰った俺は、拙《つたな》い動きでネビュラス・コーボルドへ手を伸ばす。

アイテムボックスに死骸を放り込もうにも、いかんせん重すぎて難しいのだ。

ネビュラス・コーボルトの死骸は、内臓は丸焦げだが、分厚い筋肉に遮《さえぎ》られて表皮はまったく焼けていない。

ゆえに、上質な毛皮はほぼ無傷で残っていて、剥ぎ放題であった。

この硬い毛皮は普段着にはまったく不向きだろうが、防具には適していると思われる。

毛皮を余さず剥ぎ取り、重たい死骸をなんとか仰向けにさせ、ナイフで切り裂く。

「……あれ？」

「どうしたの、レン？」

「魔核が見当たらない……」

Bランクを誇る魔物なのだから、魔核は相当大きいだろう、と期待していたのだが。

「もしかして、外したか……？　……その可能性が高いなー」

普通の人であれば魔核が手に入る確率はごくごく低い。

俺はLUKの値が９９９９だから他の人より圧倒的に入手しやすいものの、１００％魔核が獲得できるわけではない。

だが、発見できなかったのはこれが初めてだった。

「……悔しいなぁ」

残念、というよりは悔しさが募る。

検証はしていないので正確にはわからないが、おそらく99％の確率で手に入るであろう魔核を逃してしまったのだ。

「ま、まっ、近いうちにきっと、もっと大きな魔核を獲得できるって！」

俺のガチ凹みを目にして慌てたヴェルが、なんとか元気づけようと声をかけてくれた。

確かに、ヴェルの言う通りだ。

俺だって今の実力にはまだ満足していない。

これから先、修業を積んでもっともっと高みを目指していけば、Bランク以上の魔物と対峙する機会はいくらでもあるだろう。

それなら今は気持ちを切り替えて、勝利の余韻に浸ろうじゃないか。


今回のレヴィーの依頼は、これで完了のはずだ。

ネビュラス・コーボルトの残骸が火に包まれて灰に変わっていくのを眺めながら、俺はそう思った。

群れを大切にすると言われているコーボルトが、仲間をこんなに殺されて黙っているはずがない。

もし残党がいるなら、とっくに俺たちに向かってきているだろう。

俺たちの強さに驚いて逃げ出した奴はいるかもしれないが、そんな奴らを追いかけて討伐するほど俺は無慈悲な男じゃない。

だから、今回のクエストは終了で間違いない、と結論づける。

だが、このままハーガニーに戻るつもりはない。

当初はさっさとハーガニーに戻ろうと思っていたのだが、ネビュラス・コーボルトを見て、その気持ちが変わった。

そもそもEランクのクエストに、Bランクの魔物が出てくるわけがない。

訴訟もやむなしのレベルである。

間違いなくネビュラス・コーボルトの存在は、想定外《イレギュラー》だ。

その原因を探るべく、俺たちは岩場の洞窟――コーボルトの拠点を調べることにした。

――だが。

「何……これ……っ⁉」

「……っ」

ヴェルの小さな叫び声が、洞窟内に木霊《こだま》する。

俺は平常心を保つだけで精一杯で、声を発することすら忘れていた。

拠点に踏み入った俺たちは、獣臭さと、それよりも遥かに強烈な腐臭、そして目を背けたくなるような光景を目の当たりにしたのだ。

足の踏み場もないほどに散らばった、コーボルトたちの死骸。

すべての死骸に噛みちぎられた痕《あと》があり、そのほとんどが喉や腹だった。

死骸は最近死んだと思われるものばかりである。

「まさか……こんな、仲間の死体だらけの洞窟で、あのコーボルトたちは生活してたっていうのか？」

わけがわからない。……だが、何か嫌な予感がする。

「これは……念入りに調べる必要がありそうだな」

……その前に、コーボルトの死骸を処理しなければいけないな。

疫病の原因にならないよう燃やすべきなのだが、なにぶんここは洞窟の中であり、一酸化炭素中毒になってしまっては大変だ。

世界が変わろうが何だろうが、この世界を構成する元素は地球と同じなのだ。よって火は使えない。

だから、俺はもう一つの選択肢をとった。

それは、今までに紡いだことのなかった言葉。

「――この世に見えざる裏の世界よ、表裏一体となりて現世に顕現《けんげん》せん――次元の狭間《はざま》!!」

その瞬間、何もなかった空間に一筋の亀裂が入る。

その罅《ひび》はやがて四方に広がって、俺たちの周辺を呑み込んだ。

元の地形は残っているものの、辺りは色を失い、まるで無の世界。

罅の外側は何も変わっておらず、洞窟のままだ。それが何ともいえない奇妙な感覚を俺に与えた。

突如、この魔法の使い方が頭に浮かび上がった。それに従い、俺はまず意識を死骸に向け、それから、無の世界に向けて念じる。

その瞬間、コーボルトの死骸が無の世界に沈み始め、すぐにすべての死骸が消えてしまう。

そして世界は色を取り戻し、まるで何事もなかったかのように元どおりになった。

――次元の狭間。【次元魔法】Lv3で取得した魔法である。

この世に在《あ》る物質を、この世ではない裏の世界、何も存在しない無の世界に転送する魔法だ。

無生物にのみ有効であるため、向こうの世界がどのようなものなのか、誰も知ることができない。

いわば、底のない大きなゴミ箱。

捨てたものを二度と取り出すことができないという不便さもあるが、死骸を外で燃やそうとすると、俺は腐臭を放つ大量の死骸に泣く泣く触らなければならなかった。

そう考えれば、これはこれでありがたい魔法なのだ。

すっきりした赤茶色の空間を見渡してみる。

おそらくコーボルトたちが生前人間から奪ってきたであろう、武器や薬草などが、乱雑に散らばっていた。

「結構、奪ってんなぁ……」

大量の死骸に紛《まぎ》れて気がつかなかったが、意外と多いな。

「おー、これはなかなか大層な弓で……ん？」

今回の異変に関係がありそうなものはないか、と手当たり次第に調べていると、ある物が目に留まった。

「……ただの、瓶、だよね？　気になるの？」

俺の視線を追ったヴェルが、その瓶を手に取る。

「ところどころ、割れてるねーっ……」

ヴェルの言うとおり、辛うじて瓶だとわかるものの、激しく破損している。もちろん空《から》だ。

これでは中身に何が入っていたのか、そもそも液体が入っていたのかすら、見当がつかない。

「いや、特に気になったわけじゃないんだけどさ。……この瓶には紋様が刻まれていないな、という些細な疑問だよ」

「紋様が……？　そういえば、ハーガニーの瓶って、何かしら紋様が刻まれてた気が……？」

人差し指を顎に当て、ヴェルは「んー」と首を傾げて思案する。

「うん。ハーガニーではガラスの店は一店舗しかない。だけど、規模が大きくてブランド化しているよな。だから、ハーガニーに出回っているすべてのガラス製品には、店の名前を示す紋様が彫られているんだよ」

俺がそう言うと、ヴェルは「なるほどっ！」と納得した。

「つまり、これはハーガニーで売られてる瓶じゃないってことねっ」

「ビンゴ」

「んーっ、だけど、これが他の場所で作られたものだとして……それが、今回の異変とどう関係あるの？」

「そこがわかんないんだよなあ……。だから些細な疑問って言ったんだよ」

うーむ、と悩んでも答えは出ず、仕方がないので、アイテムボックスにその瓶を収納した。

そして、他にヒントになるような物はないか、洞窟内をくまなく探索することにした。

だが結局、何も見つからなかった。

謎は謎のまま。

圧倒的に、情報が足りない。

死骸も物もなくなって殺風景になった洞窟内を見渡して、んん、と背中を伸ばす。

首を回し、肩をポンポンと叩いて、凝《こ》った筋肉をほぐしていく。

外を見ると、すでに暗くなっていた。

「夜になっちゃったな……ヴェル、帰ろうか」

俺の真似をして首を回していたヴェルが答える。

「……うんっ」

ネビュラス・コーボルトとの激闘が終わったのは夕方頃だったはずだ。洞窟探索に、思ったより時間がかかってしまったな。


今日はちょうど新月であった。

月明かりのほとんどない夜、森はひどく暗い。

満天の星が煌々《こうこう》と夜空を埋め尽くしているとはいえ、その光は月に比べて遥かに弱く、鬱蒼とした森の中までは照らすことができない。

この暗い、木々の根や蔓《つる》が生い茂っている森の中を戻るのは危険だろう。

野宿用セットは持ってきているものの、見晴らしの悪い森の中での野営は敵の急襲に対応するのが難しい。かといって岩場の洞窟はまだ腐臭が残っており、とても泊まれる環境ではない。

外にテントを張りつつ、敵襲に備えて完徹……という選択肢はもちろんＮＯだ。

さて、どうしたものか……。

などと考えていた、その時。

――ズン。

地面が震えた。

「な、なんだ……？」

――ズン。

今度はもっと近い距離で。

ズン、ズン、と重厚な足音が、森の奥から確かに響いてくる。

「まさか、また……？」

ネビュラス・コーボルトなのか？

ふと、それまで規則的に響いていた足音が、消える。

その瞬間、今までのいつよりも激しく、森が揺れた。

同時に、俺たちの目の前に、とてつもなく巨大な何かが、着地した。

――ネビュラス・コーボルト。

咄嗟に発動した【鑑定】は、確かにその名を表示している。

だが、目の前に立つその魔物は。

――全身を、純白の毛に覆われていた。

†

突然俺たちの前に現れた、純白のネビュラス・コーボルト。

さきほど戦ったネビュラス・コーボルトは、黒々とした重々しい毛色をしていた。だがこのコーボルトの毛色は、まるで天界の機織師《はたおり》に織らせた天女の羽衣のような、神々しいまでの白だ。

――亜種か？

目の前のコーボルトは、瞳に知性を湛えていて、その雰囲気は気高くさえあった。

突然の登場にてっきり敵だとばかり思っていたが、敵意はまったく感じられない。

ふと隣のヴェルを見ると、まるで何もかも理解したような顔をしている。

「……ちっちゃなコーボルトちゃん、だよねっ？」

「え？」

素っ頓狂な声が、俺の口から飛び出た。

小さいコーボルト？

さっき、仲間に殺されかけていた？

それが、こんなに大きく？

「いきなり大きくなったねーっ。やっぱり進化、なのかな？」

――進化か。

ヴェルが、今の、人の姿になってからすでに六年。

当初の驚きもさすがに薄れたためか、俺は進化という可能性をすっかり忘れていた。

……いや、でも進化にしては、程度があまりに飛躍的じゃないか？

さっきまでのサイズを考えると、この短時間でたぶん二段階くらいすっ飛ばしてるよな？

「あれから一体全体、何があったんだ……」

俺は思わずそう呟く。

すると。

俺の呟きに呼応するように、真っ白なネビュラス・コーボルトはみるみる縮み始める。

縮むと同時に、全身を覆っていたふさふさの獣毛も短くなっていき、やがて素肌に吸い込まれるように消えてしまった。

一方、頭部に生えていた毛だけは、ぐんぐん伸びていって髪の毛のようになった。

顔は平たくなり、肌は桃色に染められていく。

俺の背よりも小さくなったところで、縮小は止まった。

「……」

俺たちの前に立っているのは、人間の女性。

真っ白い雪のような長い髪と細い体は、思わず守ってやらなければ、と思うほどに、華奢《きゃしゃ》ではかない印象を見る者に与える。

すらりとした鼻梁《びりょう》に、小さな口。

その口からわずかに覗く八重歯《やえば》は、コーボルトの犬歯の名残か。

裸の胸には緑色の模様が描かれていて、あの群れの一員であったことを示していた。

背は俺とヴェルの間で、大人びた雰囲気から、人間でいえば十八歳前後といったところか。

胸や尻は控えめに膨らみを帯びていて、それが彼女の印象に奥ゆかしさを与えていた。

美しい。

魔物だったとは思えないほどの完璧な裸体を惜しげもなく晒《さら》している彼女は、目を瞑ったまま、何も言葉を発しようとしない。

人の姿にも変われるのか、と俺は驚愕していたが、口には出さなかった。

何か……声を発するということが、この場の雰囲気にそぐわない感じがしたのだ。

やがて一陣の風が吹いた。

純白の長い髪がなびく。

そして、眠りから目覚めるように、女性の瞼がピクリと動き、開いた。

「な、何か、変な感じですね……」

そう呟いて、桃色の艶を帯びた白い腕を抱えたコーボルトの少女の、心配そうな灰色の瞳がそこにはあった。

「あ、あの、さきほどは命を助けてくださって、本当にありがとうございました」

進化した人の姿に慣れ、心も落ち着いてきたらしいコーボルトの少女が、深々と頭を下げる。

「本当に……あの追われていたコーボルト、なのか？」

追われていた、という率直な表現に彼女は苦笑するも、静かに頷く。

「そうか……。だけど、あなたに感謝される理由はないよ」

「なぜ、ですか？」

「あー……知らないかもしれないけど、俺はあの一部始終をずっと眺めていて、最初は、あなたを助けようとは考えてなかったから」

とはいえ、討伐対象であるコーボルトたちをあの時どうして仕留めようと思わなかったのかはわからない。

あまりに急な展開であったことと、大きなコーボルトの標的が俺たちではなく、仲間のコーボルトだったということに興味を持ったからなのか。

それとも、第六感みたいなものが働いたのだろうか。

その後に茂みから飛び出したのも、仲間を痛めつけておきながら愉快そうな顔をするコーボルトを見て、無性に悲しく、そして腹が立ったからだった。

「……でも、最後には助けてくれました……。私は、それだけで嬉しかったんです」

キラキラした瞳で感謝されると、どうにも照れてしまって直視できない。

「……う!?」

恥ずかしくて目を下に向けると、すっぽんぽんの体が待っていた。

今さらなのだが、洞窟を出てからの急展開に頭がついていけず、彼女が生まれたままの姿だったことをすっかり失念していたのだ。

俺は、ヴェルが人間になった時のように、自分の上着とシャツを脱ぎ、シャツのほうを彼女に渡そうとした。だが服を脱いでみて、そこで初めて洞窟内の腐臭が服に染み付いているのに気がついた。

もしかして最初から臭《にお》ってたかな……？　と不安になってしまう。

人間の俺ですら鼻がひん曲がりそうになるほどの悪臭なのだから、鋭い嗅覚を持つであろうコーボルトの彼女には耐えられないかもしれない。

「え、あの……なぜいきなり上半身裸になっているのですか……!?」

最初から上半身も下半身も裸のあなたには言われたくねえ！　と内心思うが、もちろん口には出さない。

どうやら臭いのほうは気にならないようだ。だが、美人さんにこんなシャツを着てもらうのは申し訳ないな。かといって他に貸せる服はない。予備の服を持ってくるのを、完全に忘れていたのだ。

仕方がないのでヴェルの水魔法で洗ってもらい、俺の煉獄魔法で乾かすことにした。

「あ、洗濯でしたか……」

「……はい、服どうぞ。ちょっと汚れてるし、臭うし、これしかないけど……」

俺はシャツを手渡す。

「え……え？　あ、私の、ですか？」

自分が着るための服だとは思わなかったらしく、動揺を見せる彼女もなかなか可愛い。

一応恥じらいはあるようだが、もともと全裸で森の中を走り回っていたコーボルトなので服を着るという行為は思いつかなかったのだろう。

大人びて落ち着いた印象と、おっちょこちょいな内面のギャップがいい。

「でも、それじゃ……今度はそちらが裸に……」

男の上半身より、女の上半身のほうを隠すべきだろう！　と言いたかったがこれもやめておいた。というか、俺は裸になるわけじゃない。上着を着ればいいだけだ。だが彼女はよほど動揺しているのか、俺の足元に落ちている上着のことを忘れているらしい。やっぱり、かなりおっちょこちょいだな。

それに……正直に言うと、恥ずかしくてこれ以上裸の彼女を見ていられなかった。

俺は耐えられなくなって目を逸らし、シャツはヴェルが無理やり着せた。

下半身はパンツすら穿《は》いていない状態だが、シャツはサイズが大きくぶかぶかなのでうまく隠せている。胸が控えめなことも幸いしているようだ。

俺の服を着て、「ありがとうございます」と頭を下げる彼女に、俺は「どういたしまして……」としか言えなかった。

「人間の姿になったばかりの頃って感情が不安定で、自分の中に生まれた『心』を理解するのに時間がかかるんだよね……だから無理しないでっ。焦る必要なんかないから」

ヴェルが彼女に言った。

「そういえば……あの、名前はなんていうの？」

名前がないと呼ぶこともできないし、無理やり呼ぼうとしても「コーボルトっ娘」とかになってしまう。

「名前……ですか？　キルケ、です。でも、仲間からはチビって呼ばれていました」

「えーと、じゃあ……キルケって呼んでいいかな？」

「あ、はい！　お好きにどうぞ！」

人の姿になった彼女はヴェルよりも背が高いし、見た目は俺よりも歳上に見えるので、チビなどと呼ぶのは気が引ける。

それに、ただのコーボルトだった頃は確かに他と比べても小さかったが、さきほど登場した時の姿は、そこいらの熊なんかより何倍も大きかった。

今や、本人の意思に関係なく周囲に圧倒的な威圧をまき散らすネビュラス・コーボルトになったのだから、もう本名で呼ぶほかないだろう。

「俺はレンデリック、この子はヴェロニカ。俺たちのことは、自由に呼んでくれてかまわないから」

「あ、はい！　レンさんとヴェルちゃん、でもいいでしょうか？」

俺とヴェルは同時に頷く。

だがキルケが俺たちの名前を復唱すると、ふいに隣から不機嫌そうな声がした。

「ねえ、レンが『さん』付けで私が『ちゃん付け』は、やっぱりおかしいよっ⁉　まるで私が一番歳下みたいっ！」

ヴェルの気持ちもわからないではない。だがキルケは俺たちの身長から、年齢もその順だと判断したのだろう。

まあ、小柄で幼い印象のヴェルは、普段から俺より歳下だと思われがちなのだが。

「え、レンさんとヴェルちゃんは、同い年なんですか？　……でも、レンさんをレンちゃんと呼ぶのもおかしいですから、このままでいいでしょうか？」

確かに俺の外見に「ちゃん」付けは違和感があるからな。

「君」付けだったらいいじゃないか、とも思ったものの。

そもそも、ヴェルを「さん」付けで呼ぶという選択肢はないのか。

そう考えつつも、俺は頷く。

「まあ、それじゃ、しょうがないなあ」

「えっ⁉」

裏切られた、と言いたげなヴェルの視線が俺を突き刺すが、痛くもかゆくもない。

むしろ俺は、このゆるーい雰囲気に、腹がよじれそうだった。

「あっははっ……あっはははは‼」

「ちょっと、レン……もうっ！」

プクッと頬を膨らませるヴェル。俺をキッと睨んでから、プイ、と明後日の方向を向く。

だが、このやりとりも何度目だろう。

もうわかっているのだ。

お互い、わざとやっているのだと。

「……」

「……」

俺もヴェルもそれっきり話すことがなくなって、ならばと、話をキルケに振ってみた。

「え？　なぜ私が仲間に襲われて、そして、進化できたのか、ですか？」

「ああ。あと……なぜ人間の姿をとれるのか、についても。もちろん、嫌なら話さなくてもいいんだ」

ファングウルフリーダーを体内に取り込み爆発的に進化して人間の姿になったヴェルと違い、キルケはそんなきっかけはなかったはずだ。確かに【テイム】は成功していたが、すぐに逃げ出してしまったキルケが、なぜ人間の姿になれたのか、俺にはわからなかった。

それを訊ねると、キルケは神妙な面持ちで頷き、やがて語り始めた。

†

コーボルトの性質に違《たが》わず、キルケのいた群れも仲間意識が強く、族長のもと非常に固い結束を誇っていたらしい。

犬型の魔物とはいえ、直立二足歩行が基本のコーボルトは両手が器用で知能も高い。

簡単なヒエラルキーが存在するほど、キルケたちの群れは大きかった。

群れは不用意に縄張りに入り込んだ人間や魔物を襲い、コーボルトたちは魔力を得て成長していった。

チビと呼ばれていたキルケはその名のとおり小さく、子供を産める年齢にも達していなかったので、やれることといえば雑用しかなくヒエラルキーの下位に属していた。

そのため自由に行動できるわけではなかったが、それでも、群れでの生活は充実していた。

だがそんな生活も長くは続かなかった。

ある日、いつものように縄張りに侵入してきた人間を狩ろうと、族長をはじめ狩りに自信のある雄《おす》たちが出かけていった。

侵入者には逃げられてしまったものの、戦利品として何やら凄いものを手に入れたらしく、族長はこれまでになく興奮していた。雑用係のキルケは当然詳しいことは聞かされなかったが、族長の様子から群れにとって素晴らしい何かを持ち帰ったのだろうと、わくわくしていた。

だが、悲劇は次の日、突如として始まった。

洞窟内に吹き込んでくる暖かな空気に包まれて、他の雌《めす》たちと雑魚寝《ざこね》をしていたキルケは、突然の悲鳴に思わず飛び起きた。

そして一瞬で頭が覚醒した。

まるで地獄絵図のような、阿鼻叫喚の光景。

族長を筆頭に、幹部格の雄たちが戦闘力の低い仲間のコーボルトを襲い、食らっていたのだ。

雄は、雌や子供のコーボルトよりも遥かに戦闘力が高い。雄が相手では抵抗のしようがなかった。

次々と殺されていく同胞。

彼らの断末魔の叫びが響く中、キルケは、族長の顔をはっきりと捉えた。

今までの族長ではなかった。

涎《よだれ》だらけの口からわけのわからない言葉を発し、愉悦の表情で同胞を殺戮している。

そのさまに、キルケは驚愕し、そして絶望した。

それでも何とか、殺戮の混乱の中、洞窟から抜け出した。

無我夢中で走った。

何が起こったのか、わからない。

なぜあんなことに？

あの屈強で優しかった族長がどうして？

一体これからどうすれば？

洞窟から逃げ出したキルケを、族長が目ざとく見つけ、追っ手を放った。

すぐに一体の雄が洞窟を飛び出し、キルケを追いかけてきた。

必死の思いで駆けるが、すぐに、後ろ足を矢で貫かれた。

傷を負ってはもう逃げられない。

死を覚悟したその時。

見知らぬ人間が、いきなり目の前に現れ、追っ手のコーボルトを吹っ飛ばしたのだ。

「あの時は、死を覚悟しました……」

悲しそうに目を伏せて、キルケはそう呟いた。

「助けてくれたのがレンさんで、本当によかったです」

もし他の冒険者だったら、自分も「討伐対象」として殺されていたかもしれない。そう言って、キルケは続けた。

「あのあと、お二人の様子を見ていて、私たちの群れが標的なのだとすぐにわかりました。でも『一緒に来るか』と言われた時は、とっても嬉しかったです。私にはもう、頼れる仲間もいないから……。ただ、あなたたちについていくということは、またあの洞窟に戻ることになる……それは考えられなかった。仲間たちが殺された場所に、戻りたくなかったんです」

「だから、あの時走り去ったんだね」

「ええ。……できるだけここから離れて、早く忘れてしまいたかったんです。でも、群れでの生活の記憶は、きっと色褪《あ》せることはない……すぐにそう思いました。その時でした、森を震わせる大きな声が響いてきたのは」

ネビュラス・コーボルトか。

おそらくは、族長だったコーボルト。

「そうだったのか……でも、キルケの話だと、族長はもともとただのコーボルトだったように聞こえるんだが」

キルケは不思議そうな目で俺を見て、それは当然だと言わんばかりに首を傾げる。

ということは、族長も、いきなりネビュラス・コーボルトに進化したというのか。

——どういうことだ？

話を聞くほど、疑問が増えていく。

なぜ、族長をはじめとする雄たちは、いきなり仲間を襲い始めたのか？

そして、Ｆランクだったコーボルトが、一日のうちにＢランクのネビュラス・コーボルトに進化するなどということがありえるのだろうか？

深まる謎にやきもきして、少しでも解決の糸口が見つかればと思い、キルケに続きを促した。

記憶を探るように考え込んでから、キルケは話を再開した。


しばらくして、大地を揺るがす雄叫びがやみ、森は静寂を取り戻した。

ネビュラス・コーボルトの断末魔を聞いたキルケは、すぐにその声のした方へ向かった。

安堵と、それ以上の悲しさを胸に抱えながら。

だが、その場につくと、ネビュラス・コーボルトの死骸はすでに燃やされていた。そして洞窟のある岩場へと向かう俺とヴェルの後ろ姿を見た。

灰と化した族長を見つめ、やがて踵を返そうとしたその時。

キルケは森の草むらの中に、何か光るものを見つけたのだ。

それが何なのか、キルケはすぐに気づいた。

それと同時に、なぜか、それを食べなければならないという欲求に襲われた。

口にくわえ、呑み込んだ瞬間。

チビと呼ばれるほど小さかったキルケは一瞬にして、純白のネビュラス・コーボルトへと進化したのだ。

「その時呑み込んだのが、ネビュラス・コーボルトの魔核……ってことか？」

俺は、魔核を当てていたのか。

……おそらく、翔狼拳の衝撃で体外に飛び出たのだ。

膨大な量の魔力が宿ったネビュラス・コーボルトの魔核を食らえば、そりゃあどんなコーボルトだって進化するだろう。今思えば、『――【テイム】スキルがレベルアップしました』という脳内メッセージを、岩場に向かう途中に聞いた気がする。キルケの進化に伴って、【テイム】のレベルが上がったというわけか。あの時は、予想もしていなかったネビュラス・コーボルトとの遭遇のあとでそれどころではなく、うっかり聞き流してしまっていたが。

まあ、とにかく……キルケがネビュラス・コーボルトに進化した経緯はわかった。

だが、人の姿をとるようになったのは……？

「わからないんです。ただ、『一緒に来ないか』と言われてから、ずっとお二人のことが頭から離れなくて。それで、魔核を呑みこんで大きくなったあと、私はお二人に会いたくてたまらなくなったんです。そう思っていたら、急にもの凄い力が湧いてきて……そうしたらいつの間にか、この姿になっていたんです」

キルケはそう言って、自分でも不思議でしょうがないという顔をした。

だが俺は何となく合点がいった。ヴェルも同じなのだろう、俺を見てニッコリ笑う。

たぶん、こういうことだ。

まず、キルケを追っていたコーボルトを瞬殺したことで、キルケに対する俺の優位性が示された。そして、命を助けられ、その上「一緒に来ないか」と誘われたことで、キルケの俺に対する気持ちが強まった。これにより俺のスキルが発動し、キルケは【テイム】の影響下に入った。

さっきキルケは「お二人に会いたくてたまらなくなった」と言ったが、厳密には俺に会いたくなった、ということなのだろう。恋愛感情とかそういうものではなく、圧倒的な実力を見せつけられたことと、それによって命を救われたこと、そして仲間に誘われたことから抱いた、憧れや感謝の混じった複雑な感情なのだと思う。

テイムされたのだから、普通ならここで仲間になるはずだ。だがキルケは、ついさっき目の当たりにした殺戮にまだ混乱していたために、思わず俺の誘いを断ってしまった。しかしその後、いくらか落ち着きを取り戻すにつれて、俺に対する気持ちが蘇ってきた。ネビュラス・コーボルトの魔核を呑み込んで爆発的に進化したことで魔力量も増えて、さらに俺に再会したことで気持ちが再び高まり、人型に進化したというわけだ。

もちろんこの仮説が正しいかどうかはわからない。そもそも人型への進化は特殊なケースだからな。でも、今のところ他に思い当たる理由はない。

それに、結局今の話では、キルケが俺たちの仲間になりたいのかどうかはわからない。キルケは自分の気持ちに従って会いにきてくれたわけだが、俺たちと一緒に来たい、とは言っていない。

するとキルケが、はっと思い出したように口を開いた。

「あの……お二人を、森の入り口までご案内しようと思いまして……迷惑でしょうか？」

灰色の瞳が不安そうに揺れる。

てっきり「仲間になる」と言ってくれるのかと期待したのだが……いいじゃないか、キルケは送ってくれると言うんだ。だったら、今は彼女の好意に、素直に甘えればいい。

「迷惑なんかじゃない。ぜひ、お願いするよ」

その瞬間、キルケはほっと一息つき、初めての笑顔を見せてくれた。

「う……」

極上の笑みに、思わず胸が高鳴ってしまう。

ヴェルとはまた違ったベクトルの美貌から、俺は目が離せなかった。

「……？」

うろたえる俺を見て、キルケはわけがわからないといった表情で首を傾げる。

……じー。

横からヴェルの視線を感じ、俺は慌てて話題を変えた。

「い、いや、何でもない！　でも、どうやって？　森の入り口までの道はわかるだろうけど、足元が見えないのは危なくないか？」

「それは問題ないですよ。……少し後ろを向いてください、お願いします。そのほうが話が早いので」
「え？」と聞き直すが、俺は言われるままに後ろを向いた。
返事はなく、かわりに暖かい風が強く吹いて、周囲の落ち葉を舞い上がらせた。
俺は吹き飛ばされないように、大地を足の指で掴むように足に力を込める。
「あ、ごめんなさい！　まだ、この体に慣れていなくて！」
すぐにキルケが謝っていたことから、この湿った暖かい風はキルケの息か。
俺の背後、高いところから彼女の声が聞こえてくる。
「……もう前を向いてもいいですよ」
振り返った俺の目に映ったのは、純白に輝く長い獣毛だった。
――元の姿に戻ったのか。
そう理解するまでに一秒もかからなかった。

†

森の木々と同じくらいの高さから俺たちを見下ろすネビュラス・コーボルト。
口から覗く鋭い犬歯や、本人の意思とは無関係に放たれる鋭い眼光を見ていると、その威圧感は本気を出した父様母様並である。

だがキルケではないほうの、俺たちに確かな敵意と殺意を向けてきたあのネビュラス・コーボルトを撃破した俺たちにとっては、これくらいの威圧感はほとんど気にならない。もちろん、キルケに俺たちを傷つける意思がまったくない、ということもあるだろうが。

それにさっきヴェルが着せた俺のシャツが、破れないように黒光りする大きな爪に通されて風にはためいているのを見ると、その堂々たる風格とのギャップに思わず噴き出しそうになってしまう。

「私の頭に乗ってください。この状態で森の入り口まで行きますので。ここまで大きくなってしまうと、木の根や蔓など気になりませんから」

「確かに」

だけど……もう一つ気になることが浮かんだ。

今のキルケの体の幅は、木々の間の道よりも広いのだ。

「それは大丈夫なの？」と聞くと、「すぐにわかりますから」という答えが返ってくるだけであった。

だが、俺はキルケが確信もなしにそんなことを言うとは思えなかった。きっと彼女は、木々を薙《な》ぎ倒さずに森を通り抜ける術を知っているのだろう。

というのはキルケの言葉から考えて、彼女がネビュラス・コーボルトに進化したのは、俺たちが洞窟のある岩場に着いた直後と予想される。

それからずっと——二、三時間だろうか——この姿だったのだから、普通ならキルケが歩いてきたところはことごとく木が薙ぎ倒されているはず。だが、そうはなっていない。

何か特殊な能力でもあるのだろう。

「じゃあ、お願いしようかな」

そう答えると、キルケは嬉しそうに笑った。

獲物を見つけてニタリと笑う純白のネビュラス・コーボルト……事情を知らない人が見たらそう思って、一目散に逃げ出すだろうな。

「わかりました」

そう言ってキルケはゆっくりと、その雪のような毛で覆われた尻を地面に降ろした。

俺たちはその尻に飛びつき、腰、背、肩、頭へと登っていく。

「何これーっ!?　ふわっふわーっ!!」

尻にしがみついてすぐ、ヴェルが驚きの声をあげた。

ゴワゴワだったあのネビュラス・コーボルトの毛並みとはあまりに違う。

キルケを覆うその毛は細く柔らかく滑らかで、まさしく絹にも劣らない手触りだった。

「それでは、行きましょうか」

俺とヴェルが頭まで登り、座りやすいポジションを見つけて落ち着くとキルケがそう告げた。

「ああ、よろしく」

俺の返事を待ってから、キルケはゆっくりと二本足で立ち上がる。

俺たちの目線は森の木々よりわずかに高くなり、視界が一気に広がった。こうして見てみると、この森が四方に広がっているのがわかる。

どこまでも続くような森の濃い緑も、正面少し先で草原の薄い緑に変わっており、そのさらに先にはハーガニーの街の灯りが見える。

その灯りを目にした時、わけのわからない喜びを覚えた。

魔物の跋扈する森の只中にいるにもかかわらず、目の前の風景に、心の震えを抑えられない。

高いところから見渡す風景は、普段とはまったく別の印象を与えてくれる。

まだ、竜胆冬弥だった頃。

小学校に入った年、俺はそれまでずっと住んでいた一軒家から、同じ街の郊外にあったマンションに引っ越した。引っ越して初めての夜、おそるおそる出たベランダから、住み慣れた街を見渡した。今まで知らなかった街の様相に、俺はひどく感動したのだ。

今、胸にある感傷は、その時感じたものに近い。

もちろん、長い歳月を経て成長してきた森の木々ほどに大きい、本来ハーガニーの街を脅かす存在であるネビュラス・コーボルトに乗っているという一種の優越感もあることだろう。

「いい眺めだな……」

夜の河港に出入りする貨物船、河の畔に立つ灯台、船員や冒険者で賑わっているであろう酒場、宿屋、ギルド……。

それらが発する様々な光が、一つの大きな光となって、ハーガニー全体を照らしていた。

「そうですね……。昨日までは、人間が住んでいる遠い街のことなんて考えたこともなかったんですが……こうして見ると、意外と近いし、きれいですね……」

キルケがしみじみと呟く。

高い場所から見ると、何もかもが小さく見えるのだ。

どこまでも広がる森でさえ、果てが見えてしまえば、一気に小さく感じられてしまう。

「揺れるかもしれませんから、気をつけてください」

そう言って、キルケは歩き出した。

踏み出されたキルケの足は、長い年月のうちに育まれてきた森の木々を薙ぎ倒す——ことはなかった。

「……あれ？」

木々のある場所を避けて歩いたわけではない。

たまたま木が生えていない場所だったわけでもない。

俺が木だと思っていたものが実は魔物で、踏み潰されないようにキルケの足を避けたわけでもなかった。

大木に触れた瞬間、キルケの下半身が白い霧のようになり、大木がそこを突き抜けたのだ。

足元に何の障害物もないかのようにキルケは右足を、左足を踏み出し、木々を突き抜けていく。

「すごーい！　まるで、雲みたいだねーっ！」

――ネビュラス・コーボルト。

そういうことか。

直訳すれば、星雲のコーボルト。

傷を癒す雲を操るだけでなく、存在そのものが雲状の――まるで巨大な星雲なのだ。

「じゃあなんで、俺たちはキルケに乗れているんだ……?」

「それは、レンさんとヴェルちゃんは突き抜けないように、そして障害物は突き抜けるようにって、私が意識しているからです」

「なるほど。……でも、そういえばさっき戦った時に翔狼拳は直撃したけど、あれもそうなのかな? 相手が意識してたってこと?」

「さあ……ちょっとそこまでは……」

わからないか。うーん、気になるなあ……でも、もし攻撃が当たらないとかだったら無敵だろうし、そんな都合のいい能力はさすがにないのかもしれないな。

キルケも俺に聞かれて気になったのか、立ち止まって考え始めた。

「いや、いいんだ。気にしないで。とにかく俺たちが座れている理由はわかったから」

「そうですか。わかりました」

キルケはそう言って、再び歩き出した。

わからなくて、当たり前だよな。

つい半日前までは、取り立てて何の能力もない、Fランクのコーボルトとして生きていたのだ。

少しずつ魔力を蓄積し、時間をかけ段階を踏んでネビュラス・コーボルトに進化したわけではない。

こんな魔物に一気に進化したことに、キルケ本人が一番驚いているはずだ。

キルケはまだ、自分の能力、すなわちスキルがどんなものなのか正確にはわかっていないと思われる。にもかかわらず、こうして肉体を雲のように変化させることができるのは、スキルの習得と同時に、自分の能力をどのように扱えばいいのかが感覚的にわかるようになるからだ。

たとえば剣を握ったことのない農民が、何かの弾みで剣術に関するスキルを得たとする。

その瞬間、彼は剣の素人ではなくなるのだ。

頭で考えずとも、スキルによって勝手に体が動き、ある程度剣を扱うことができる。

つまりスキルは補助装具とも言え、スキルとは得てしてそういうものなのである。

「レンさん、ヴェルちゃん、到着しましたよー」

「おお、早いな。もっと時間がかかると思ってたが」

あれこれ考えていると、キルケが突然立ち止まって言った。

森の入り口であった。

我に返った俺はキルケの歩行速度にしばらく感嘆したあと、地面に降りて伸びをした。

続いて降りたヴェルも、「うーん」と伸びをして、欠伸《あくび》を噛み殺していた。

「ありがとう、キルケ」

「送ってくれてありがとーっ！」

「いえいえっ！　あなたたちには一生返しても返しきれない恩があるので、これぐらいいつでもお安い御用ですよ！」

まさしく犬の、としか言い表せない巨大な口から、高く可愛らしい声が聞こえてくるのは何とも妙な感じだ。だがそんなことより、俺はキルケの今後が気がかりだった。

この巨体で森の中を歩き回れば、遅かれ早かれ人の目に留まってしまうはずだ。

かといって人間の姿になって、濃い魔力に包まれた暗い森で、か弱い女性が一人で暮らす……というのも、どこか間違っている気がする。

何より生まれてからずっと群れで過ごしてきたキルケに、いきなり一人で生活しろというのは、なかなか厳しいものがあるだろう。

そんなことを考えていたら、俺は自然と、キルケにこう言っていたんだ。

「なあ、キルケ」

「はい、なんでしょう？」

「やっぱり……俺たちと一緒に、ハーガニーに来ないか？　もちろん人間の姿になってさ。今まで群れで過ごしてきたキルケが、いきなり一人で……っていうのは、なかなか大変だろう？」

キルケはしばらく黙っていたが、やがて、言った。

「確かに……そうですね。じゃあ、お言葉に甘えてお願いします」

「ああ。キルケ、よろしくな」

「私もっ！　よろしくね。キルケちゃん!!」

「はい……。ありがとうございます」

そう言ってキルケは再び人の姿に戻った。今度は生まれたままの姿ではなく、俺のだぶだぶのシャツを着た状態で。

こうして俺たちのパーティに、新たな仲間が加わったのだった。

STATUS

名前：レンデリック・ラ・フォンテーニュ

年齢：13 歳

職業：冒険者

種族：人間

特殊スキル：〈テイムマスター〉〈創造王〉〈体術王〉〈極限突破〉〈王の系譜〉〈冥界の加護〉〈男は拳で語る〉〈牡のフェロモン〉〈絶倫〉

一般スキル：【テイム Lv 3】【鍛冶】【錬金】【調合】【建築】【王級工房】【鑑定】【指揮】【暗黒魔法 Lv 5】【暗闇可視化】【混沌魔法 Lv 5】【煉獄魔法 Lv 5】【次元魔法 Lv 4】【中級拳闘術 Lv 3】【甘いマスク】【精力回復】

STATUS

名前：ヴェロニカ

年齢：外見 13 歳

職業：冒険者

種族：？？？？（腐食スライム）

特殊スキル：〈腐食スライム Lv 7〉〈回復師〉

一般スキル：【中級水魔法 Lv 4】【中級回復魔法 Lv 4】【柔軟】【触手変形】【腐食】【強酸】【吸収】【物理ダメージ 40%カット】

装飾品：月の紋章の髪飾り、花冠

淡雪融（あわゆきゆう）
新潟県在住。
好きなものは亜人と恋愛モノ。
2015 年 5 月より、「小説家になろう」にて本作の連載を開始。
同年、本作で出版デビュー。

イラスト：吉沢メガネ

本書は、「小説家になろう」（http://syosetu.com/）に掲載されていたものを、改稿のうえ書籍化したものです。

終わりなき進化の果てに ～魔物っ娘と歩む異世界冒険紀行～

淡雪融

2015年 11月 30日初版発行

編集－三浦隼・篠木歩・太田鉄平
編集長－塙綾子
発行者－梶本雄介
発行所－株式会社アルファポリス
〒150-6005 東京都渋谷区恵比寿4-20-3 恵比寿ガーデンプレイスタワー5F
TEL 03-6277-1601（営業） 03-6277-1602（編集）
URL http：//www.alphapolis.co.jp/
発売元－株式会社星雲社
〒112-0012東京都文京区大塚3-21-10
TEL 03-3947-1021
装丁・本文イラスト－吉沢メガネ
装丁デザイン－ansyyqdesign
印刷－中央精版印刷株式会社

価格はカバーに表示されてあります。
落丁乱丁の場合はアルファポリスまでご連絡ください。
送料は小社負担でお取り替えします。

ISBN978-4-434-21340-3 C0093